敦煌石窟中的西夏壁畫——圖中所繪王者及隨從的裝束，是西夏當時生活的寫實。西夏文化較低，畫風有粗拙之美。

趙孟頫「紅衣天竺僧卷」──趙孟頫，宋末元初大書畫家，在此圖卷之題記中趙氏云：唐時畫家多見西域人，故畫天竺羅漢得其神情，其後畫家所繪者與漢僧無異，他在京師曾與天竺僧侶交遊，故自謂有得。

蔣蓮「達摩圖」——蔣蓮，清嘉慶年間廣東香山人，生平仰慕陳老蓮，故名「蓮」。

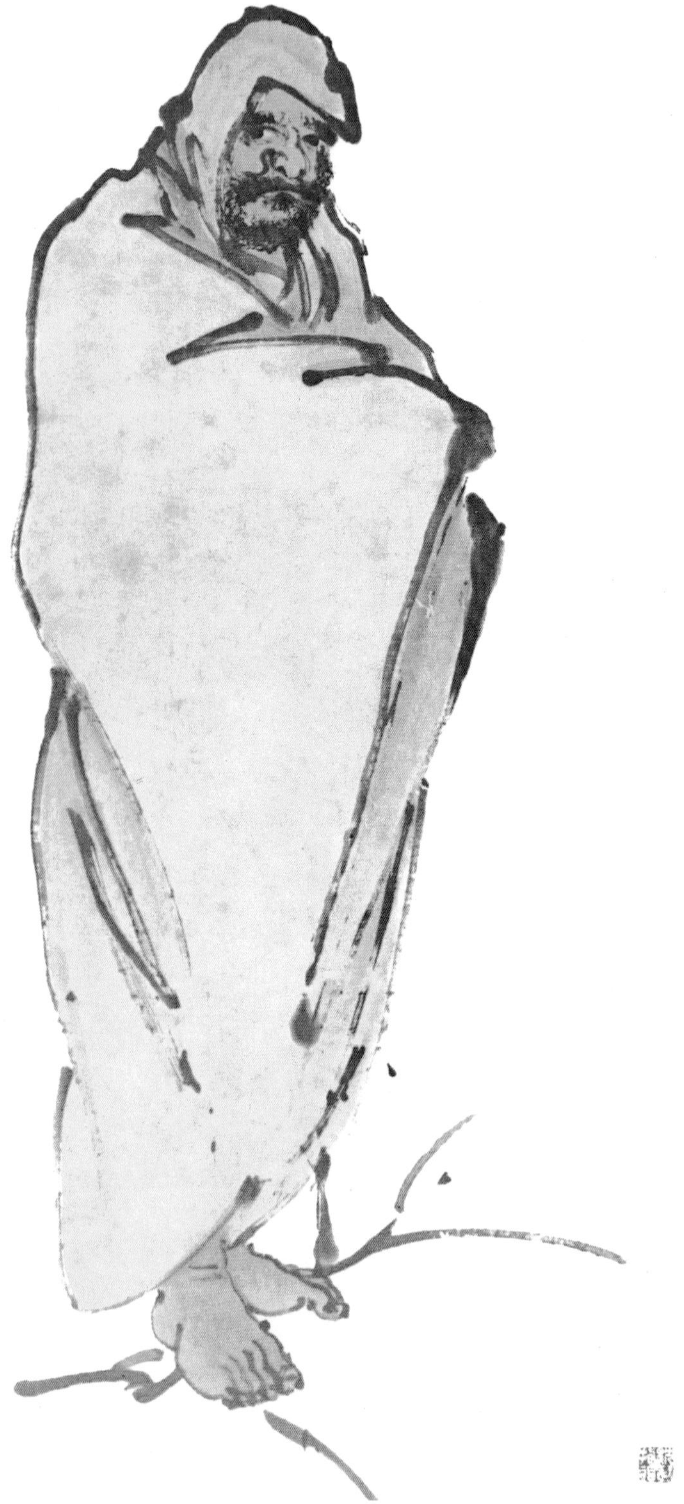

蘇六朋「達摩圖」——蘇六朋，號「怎道人」。蔣蓮筆下之達摩代表禪悟之一面，蘇六朋所繪達摩則表現傳說中一葦渡江、武功奇術之一面。

大字版 天龍八部

⑧ 小無相功

金庸

天龍八部(大字版) / 金庸作. -- 二版.
-- 臺北市 : 遠流, 2017.10
冊 ; 公分. -- (大字版金庸作品集 ; 41–50)

ISBN 978-957-32-8133-7 (全套 : 平裝).

857.9 106016866

大字版金庸作品集㊽

天龍八部 (8)小無相功 「公元2005年金庸新修版」

The Semi-gods and the Semi-devils, Vol.8

作　者／金　庸

封面設計／唐壽南　內頁插畫／王司馬

發行人／王榮文
出版・發行／遠流出版事業股份有限公司
臺北市中山北路一段11號13樓
電話／2571-0297　傳真／2571-0197　郵撥／0189456-1

□2005年11月16日　初版一刷
□2022年3月16日　二版五刷

大字版　每冊380元（本作品全十冊，共3800元）
〔另有典藏版共36冊（不分售），平裝版共36冊，新修版共36冊，新修文庫版共72冊〕

ISBN　978-957-32-8133-7（套：大字版）
ISBN　978-957-32-8130-6（第八冊：大字版）
Printed in Taiwan

YLib 遠流博識網
http://www.ylib.com　E-mail:ylib@ylib.com

目錄

（本書第七集及第八集十回回目，十句調寄〈洞仙歌〉。）

只見一座高樓衝天而起，屋頂金碧輝煌，都是琉璃瓦，虛竹低聲道：「我佛慈悲，這裏倒有一座大廟。」

三六　夢裏眞眞語眞幻

虛竹吃了一驚，向前搶上兩步。童姥尖聲驚呼，向他奔來。那白衫人低聲道：「師姊，你在這裏好自在哪！」卻是個女子聲音，輕柔婉轉。虛竹又走上兩步，見那白衫人身形苗條婀娜，果然是個女子，臉上蒙了塊白綢，瞧不見她面容，聽她口稱「師姊」，心想她們原來是一家人，童姥有幫手到來，或許不會再纏住自己了。但斜眼看童姥時，卻見她臉色甚為奇怪，驚恐氣憤之中，更夾著幾分鄙夷之色。

童姥閃身到了虛竹身畔，叫道：「快揹我上峯。」虛竹道：「這個……小僧心中這個結，一時還解不開……」童姥大怒，反手打了他個耳光，叫道：「這賊賤人要來害我，你沒瞧見麼？」這時童姥出手已頗不輕，虛竹給打了這個耳光，半邊面頰登時腫起。

那白衫人道：「師姊，你到老還是這脾氣，人家不願意的事，你總是要勉強別人，打打罵罵的，有甚麼意思？小妹勸你，還是對人有禮些的好。」

虛竹心下大生好感：「這人雖是童姥及無崖子老先生的同門，性情卻跟他們大不相同，溫柔斯文，通情達理。」

童姥不住催促虛竹：「快揹了我走，離開這賊賤人越遠越好，姥姥不忘你的好處，將來必有重謝。」

那白衫人卻氣定神閒的站在一旁，輕風動裾，飄飄若仙。虛竹心想這位姑娘文雅得很，童姥爲甚麼對她如此厭惡害怕？只聽白衫人道：「師姊，咱們老姊妹多年不見了，怎麼今日見面，你非但不歡喜，反要急急離去？小妹算到這幾天是你返老還童的大喜日子，聽說你近年來手下收了不少妖魔鬼怪，小妹生怕他們乘機作反，親到縹緲峯靈鷲宮找你，想要助你一臂之力，抗禦外魔，卻又找你不到。」

童姥見虛竹不肯負她逃走，氣憤憤的道：「你算準了我散氣還功的時日，摸上縹緲峯來，還能安著甚麼好心？你卻算不到鬼使神差，竟會有人將我揹下峯來。你撲了個空，好生失望，是不是？李秋水，今日雖仍給你找上了，你卻已遲了幾日，我當然不是你敵手，但你想不勞而獲，盜我一生神功，可萬萬不能了。」

那白衫人道：「師姊說那裏話來？小妹自和師姊別後，每日裏好生掛念，常常想到靈鷲宮來瞧瞧師姊。只是自從數十年前姊姊對妹子心生誤會之後，每次相見，姊姊總不問情由的怪責。妹子一來怕惹姊姊生氣，二來又怕姊姊責打，一直沒敢前來探望。姊姊如說妹子有甚麼不良念頭，那眞太過多心了。」她說得又恭敬，又親熱。

虛竹心想童姥乖戾橫蠻，這兩個女子一善一惡，當年結下嫌隙，自然是童姥的不是。

童姥怒道：「李秋水，事到如今，你再來花言巧語的譏刺於我，又有甚麼用？你瞧瞧，這是甚麼？」說著左手一伸，將拇指上戴著的寶石指環現了出來。

李秋水身子顫抖，失聲道：「掌門七寶指環！你……你從那裏得來的？」童姥冷笑道：「當然是他給我的。你又何必明知故問？」李秋水微微一怔，道：「哼，他……他怎會給你？你不是去偷來的，便是搶來的。」

童姥大聲道：「李秋水，逍遙派掌門人有令，命你跪下，聽由吩咐。」

李秋水道：「掌門人能由你自己封的嗎？多半……多半是你暗害了他，偷得這隻七寶指環。」她本來意態閒雅，但自見了這隻寶石戒指，語氣中便大有急躁之意。

童姥厲聲道：「你不奉掌門人的號令，意欲背叛本門，是不是？」

突然間白光閃動，砰的一聲，童姥身子飛起，遠遠的摔了出去。虛竹大驚，叫道：「怎麼？」跟著又見雪地裏一條殷紅的血線，童姥一根被削斷了的拇指掉在地下，那枚寶石指環卻已拿在李秋水手中。顯是她快如閃電的削斷童姥拇指，搶了她戒指，再出掌將她身子震飛，至於斷指時使甚麼兵刃、甚麼手法，實因出手太快，虛竹沒法見到。

只聽李秋水道：「師姊，你到底怎生害他，還是跟小妹說了罷。小妹對你情義深重，決不過份令你難堪。」她一拿到寶石指環，語氣立轉，又變得十分的溫雅斯文。

虛竹忍不住道：「李姑娘，你們是同門師姊妹，出手怎能如此兇狠？無崖子老先生決不是童姥害死的。出家人不打謊話，我不會騙你。」

李秋水轉向虛竹，說道：「不敢請問大師法名如何稱呼？在何處寶剎出家？怎會知道我師兄的名字？」虛竹道：「小僧法名虛竹，是少林寺弟子，無崖子老先生嘛……唉，此事說來話長……」突見李秋水衣袖輕拂，自己雙膝腿彎登時一麻，全身氣血逆行，翻倒於地，叫道：「喂，喂，你幹甚麼？我又沒得罪你，怎……怎麼連我……也……也……」李秋水微笑道：「小師父是少林派高僧，我不過試試你的功力。嗯，原來少林派名頭雖響，調教出來的弟子也不過這麼樣。可得罪了，真正對不起！」

虛竹躺在地下，透過她臉上所蒙的白綢，隱隱約約可見到她面貌，只見她似乎四十來歲年紀，眉目甚美，但臉上好像有幾條血痕，又似有甚麼傷疤，看上去朦朦朧朧的，不由得感到一陣寒意，說道：「我是少林寺裏最沒出息的小和尚，前輩不能因小僧一人無能，便將少林派瞧得小了。」

李秋水不去理他，慢慢走到童姥身前，說道：「師姊，這些年來，小妹想得你好苦。總算老天爺有眼睛，教小妹得再見師姊一面。師姊，你從前待我的種種好處，小妹日日夜夜都記在心上……」

突然間又是白光一閃，童姥一聲慘呼，白雪皚皚的地上登時流了一大攤鮮血，童姥的一條左腿竟已從她身上分開。

虛竹這一驚非同小可，怒喝：「同門姊妹，怎能忍心下此毒手？你……你……你簡直禽獸不如！」

李秋水緩緩回頭，伸左手揭開蒙在臉上的白綢，露出一張雪白的臉蛋。虛竹一聲驚呼，只見她臉上縱橫交錯，共有四條極長的劍傷，劃成了一個「井」字，由於這四道劍傷，右眼突出，左邊嘴角斜歪，說不出的醜惡難看。李秋水道：「許多年前，有人用劍將我的臉劃得這般模樣。少林寺的大法師，你說我該不該報仇？」說著慢慢放下面幕。

虛竹道：「這……這是童姥害你的？」李秋水道：「你不妨問她自己。」

童姥斷腿處血如泉湧，卻沒暈去，說道：「不錯，她的臉是我劃花的。我……我練功有成，在二十六歲那年，本可發身長大，與常人無異，但她出手加害，令我走火入魔，從此成爲侏儒。你說這深仇大怨，該不該報復？」

虛竹眼望李秋水，尋思：「倘若此話非假，那麼還是這位女施主作惡於先了。」

童姥又道：「今日既落在你手中，還有甚麼話說？這小和尚是『他』的忘年之交，你可不能動小和尚一根寒毛。否則『他』決計不能放過你。」說著雙眼一閉，聽由宰割。

李秋水嘆了口氣，淡淡的道：「姊姊，你年紀比我大，更比我聰明得多，但今天再要騙信小妹，可沒這麼容易了。你說的他……他……他要是今日尚在世上，這七寶指環如何會落入你手？好罷！小妹跟這小和尚無冤無仇，何況小妹生來膽小，決不敢和武林中的泰山北斗少林派結下樑子。這位小師父，小妹是不會傷他的。姊姊，小妹這裏有兩顆九轉熊蛇丸，請姊姊服了，免得姊姊的腿傷流血不止。」

虛竹聽她前一句「姊姊」，後一句「姊姊」，叫得親熱無比，但想到不久之前童姥叫烏老大服食兩顆九轉熊蛇丸的情狀，不由得背上出了一陣冷汗。

童姥怒道：「你要殺我，快快動手，要想我服下斷筋腐骨丸，聽由你侮辱譏刺，再也休想。」李秋水道：「小妹對姊姊一片好心，姊姊總是會錯了意。你腿傷處流血過多，對姊姊身子大是有礙。姊姊，這兩顆藥丸，還是吃了罷。」

虛竹向她手中瞧去，只見她皓如白玉的掌心中托著兩顆焦黃的藥丸，便和童姥給烏老大所服的一模一樣，尋思：「童姥的業報來得好快。」

童姥叫道：「小和尚，快在我天靈蓋上猛擊一掌，送姥姥歸西，免得受這賤人凌辱。」李秋水笑道：「小師父累了，要在地下多躺一會。」童姥心頭一急，噴出一口鮮血。李秋水道：「姊姊，你一條腿長，一條腿短，倘若給『他』瞧見了，未免有點兒不雅，好好一個矮美人，變成了半邊高、半邊低的歪肩美人，豈不是令『他』大爲遺憾？

小妹還是成全你到底，兩條腿都割了罷！」說著白光閃動，手中已多了一件兵刃。

這一次虛竹瞧得明白，她手中握著一柄長不逾尺的匕首。這匕首似是水晶所製，可以透視而過。李秋水顯是存心要童姥多受驚懼，這一次並不迅捷出手，拿匕首在她那條沒斷的右腿前比來比去。

虛竹大怒：「這女施主忒也殘忍！」心情激盪，體內北冥眞氣在各處經脈中迅速流轉，頓感雙腿穴道解開，酸痲登止。他不及細思，急衝而前，抱起童姥，便往峯頂疾奔。

李秋水以「寒袖拂穴」之技拂倒虛竹時，察覺他武功平庸，渾沒將他放在心上，只慢慢炮製童姥，叫他在旁觀看，多一人在場，折磨仇敵時便增幾分樂趣，要到最後才殺他滅口，全沒料到他竟會衝開自己以眞力封閉了的穴道。這一下出其不意，頃刻間虛竹已抱起童姥奔在五六丈外。李秋水拔步便追，笑道：「小師父，你給我師姊迷上了麼？你莫看她花容月貌，她可是個九十六歲的老太婆，卻不是十七八歲的大姑娘呢。」她有恃無恐，只道片刻間便能追上，這小和尚能有多大氣候？那知虛竹一陣急奔，血脈流動加速，北冥眞氣的力道發揮出來，愈奔愈快，這五六丈的相距，竟始終追趕不上。

轉眼之間，已順著斜坡追逐出三里有餘，李秋水又驚又怒，叫道：「小師父，你再不停步，我可要用掌力傷你了。」

童姥知李秋水掌力拍將出來，虛竹立時命喪掌底，自己仍不免落入她手中，說道：

「小師父，多謝你救我，咱們鬥不過這賤人，你快將我拋下山谷，她或許不會傷你。」

虛竹道：「這個……萬萬不可。小僧決計不能……」他只說了這兩句話，眞氣一洩，李秋水已然追近，突然間背心上一冷，便如一塊極大的寒冰貼肉印了上來，跟著身子飄起，不由自主的往山谷中掉落。他知已爲李秋水陰寒的掌力所傷，雙手仍緊緊抱著童姥，往下直墮，心道：「這一下可就粉身碎骨，摔成一團肉漿了。我佛慈悲！」

隱隱約約聽得李秋水的聲音從上面傳來：「啊喲，我出手太重，這可便宜……」原來山峯上有一處斷澗，上爲積雪覆蓋，李秋水一掌拍出，原想將虛竹震倒，再拿住童姥，慢慢用各種毒辣法子痛加折磨，沒料到一掌震得虛竹踏在斷澗的積雪之上，連著童姥一起掉下。

虛竹只覺身子虛浮，全做不得主，不住筆直跌落，耳旁風聲呼呼，雖是頃刻間事，卻似無窮無盡，永遠跌個沒完。眼見鋪滿白雪的山坡迎面撲來，眼睛一花之際，又見雪地中似有幾個黑點正緩緩移動。他來不及細看，已向山坡俯衝而下。

驀地裏聽得有人喝道：「甚麼人？」一股力道從橫裏推將過來，撞在虛竹腰間。虛竹身子尚未著地，便已斜飛出去，一瞥間，見出手推他之人卻是慕容復，一喜之下，運勁要將童姥拋出，讓慕容復接住，以便救她一命。

慕容復見二人從山峯上墮下，一時看不淸是誰，便使出「斗轉星移」家傳絕技，將他二人下墮之力轉直爲橫，將二人移得橫飛出去。他這門「斗轉星移」功夫並不多使自力，但虛竹與童姥從高空下墮的力道實在太大，慕容復霎時只覺頭暈眼花，一交坐倒。

虛竹給這股巨力逼推，手中的童姥竟爾擲不出去，身子飛出十餘丈，落了下來，雙足突然踏到一件極柔軟而又極韌的物事，波的一聲，身子復又彈起。虛竹一瞥眼間，只見雪地裏躺著個矮矮胖胖、肉球一般的人。這人是三十六洞中碧磷洞洞主桑土公，身材胖碩有如大鼎，他見虛竹和童姥橫裏飛來，勢不可擋，便即臥倒。說來也眞巧極，虛竹落地時雙足正好踹在他大肚上，雖已急運北冥眞氣，消減下墮之力，還是踹得他腹破腸流，死於非命，也幸好他大肚皮一彈，虛竹的雙腿方得保全，不致斷折。這一彈之下，虛竹又不由自主的向橫裏飛去，衝向一人，依稀看出是段譽。虛竹大叫：「段相公，快快避開！我衝過來啦！」

段譽見虛竹來勢奇急，自己無論如何抱他不住，叫道：「我頂住你！」轉過身來，以背相承，同時展開凌波微步急奔，一剎時間只覺得背上壓力如山，逼得他幾乎氣也透不過來，但每跨一步，背上的力道便消去了一分，一口氣奔出三十餘步，虛竹輕輕從他背上滑了下來。

他二人從數百丈高處墮下，恰好慕容復一消，桑土公一彈，最後給段譽負在背上一奔，經過三個轉折，竟半點沒受傷。虛竹站直身子，說道：「我佛慈悲！多謝各位相救！」他卻不知桑土公已給他踹死，否則定然負疚極深。忽聽得一聲呼叫，從山坡上傳了過來。童姥斷腿之後，流血雖多，神智未失，驚道：「賤人追下來了。快走，快走！」虛竹想到李秋水的心狠手辣，不由得打個寒噤，抱了童姥，衝入樹林。

李秋水從山坡上急奔而下，雖腳步迅捷，終究不能與虛竹的直墮而下相比，其實相距尚遠，但虛竹心下害怕，不敢有片刻停留。他奔出數里，童姥說道：「放我下來，撕衣襟裹好我的腿傷，免得留下血迹，給那賤人追來。你在我『環跳』與『期門』兩穴上點上幾指，止血緩流。」虛竹道：「是！」依言而行，一面留神傾聽李秋水的動靜。童姥從懷中取出一枚黃色藥丸服了，道：「這賤人和我仇深似海，決計放我不過。我還得有七十九日，方能神功還原，那時便不怕這賤人了。這七十九日卻躲到那裏去才好？」

虛竹皺起眉頭，心想：「便要躲半天也難，卻到那裏躲七十九日去？」童姥自言自語：「倘若躲到你少林寺中去，倒是個絕妙好地方……」虛竹嚇了一跳，全身一震。童姥怒道：「死和尚，你怕甚麼？少林寺離此千里迢迢，咱們怎能去得？」她側過了頭，說道：「自此而西，再行百餘里便是西夏國了。這賤人與西夏國大有淵源，要是她傳下號令，命西夏國一品堂中的高手一齊出來搜尋，那就難逃她毒手。小和尚，你說躲到那裏去才好？」虛竹道：「咱們在深山野嶺的山洞中躲上七八十天，只怕你師妹未必能尋得到。」童姥道：「你知道甚麼？這賤人如尋我不到，定會到西夏國去呼召羣犬，那數百頭鼻子靈敏之極的獵犬一出動，不論咱們躲到那裏，都會給這些畜生找出來。」虛竹道：「那麼咱們須得往東南方逃走，離西夏國越遠越好。」

童姥哼了一聲，恨恨的道：「這賤人耳目衆多，東南路上自然早就布下人馬了。」沉吟半晌，突然拍手道：「有了，小和尚，你解開無崖子那個珍瓏棋局，第一著下在那裏？」虛竹心想在這危急萬分的當口，居然還有心思談論棋局，便道：「小僧閉了眼睛亂下一子，莫名其妙的自緊一氣，讓對手將我本來『共活』的棋子殺死一大片。」

童姥喜道：「是啊，數十年來，不知有多少聰明才智勝你百倍之人都解不開這個珍瓏，只因自尋死路之事，是誰也不幹的。妙極，妙極！小和尚，你負了我上樹，快向西方行去。」虛竹道：「咱們去那裏？」童姥道：「到一個誰也料想不到的地方去，雖是凶險，但置之死地而後生，只好冒一冒險。」

虛竹瞧著她的斷腿，嘆了口氣，心道：「你沒法行走，我便不想冒險，那也不成了。」眼見她傷重，那男女授受不親的顧忌也就不再放在心上，將她負在背上，躍上樹梢，依著童姥所指的方向，發力朝西疾行。

一口氣奔行十餘里，忽聽得遠處一個輕柔宛轉的聲音叫道：「小和尚，你摔死了沒有？姊姊，你在那裏呢？妹子想念你得緊，快快出來罷！」虛竹聽到李秋水的聲音，雙腿一軟，險些從樹梢上摔下。

童姥罵道：「小和尚不中用，怕甚麼？你聽她越叫越遠，不是往東方追下去了嗎？」果然聽得叫聲漸漸遠去，虛竹很是佩服童姥的智計，說道：「她……她怎知咱們從數百丈高的山峯上掉下來，居然沒死？」童姥道：「自然是有人多口了。」凝思半晌，道：「姥姥數十年不下縹緲峯，沒想到世上武學進展如此迅速。那個化解咱們下墮之勢的青年公子，這一招借力打力，四兩撥千斤，當眞出神入化。另外那個年輕公子是誰？怎地會得咱們逍遙派的『凌波微步』？」她自言自語，並非向虛竹詢問。虛竹生怕李秋水追上來，一股勁兒的提氣急奔，也沒將童姥的話聽在耳裏。

走上平地之後，他仍儘揀小路行走，當晚在密林長草之中宿了一夜，次晨再行，童姥仍指向西方。虛竹道：「前輩，你說西去不遠便是西夏國，我看咱們不能再向西走了。」童姥冷笑道：「爲甚麼不能再向西走？」虛竹道：「萬一闖入西夏國國境，豈非自投羅網？」童姥道：「你踏足之地，早便是西夏國的國土了！」

虛竹大吃一驚，叫道：「甚麼？這裏便是西夏之地？你說……你說你師妹在西夏國有極大的勢力？」童姥笑道：「是啊！西夏是這賤人橫行無忌的地方，要風得風，要雨得雨，咱們偏偏闖進她的根本重地，叫她死也猜想不到。她在四下裏拚命搜尋，怎料想得到我卻在她的巢穴之中安靜修練？哈哈！」說著得意之極，又道：「小和尚，這是學了你的法子，一著最笨、最不合情理的棋子，到頭來卻大有妙用。」

虛竹心下佩服，說道：「前輩神算，果然人所難測，只不過……只不過……」童姥道：「只不過甚麼？」虛竹道：「那李秋水的根本重地之中，定然另有能人，要是給他們發見了咱們的蹤跡……」童姥道：「哼，倘若那是個無人的所在，還說得上甚麼冒險？歷盡萬難，身入險地，那才是英雄好漢的所爲。」虛竹心想：「若爲救人救世，身歷艱險也還值得，可是你和李秋水半斤八兩，誰也不見得是甚麼好人，我又何必爲你去干冒奇險？」

童姥見到他臉上的躊躇之意，已猜到了他心思，說道：「我叫你犯險，自然有好東西酬謝於你，決不會叫你白辛苦一場。現下我教你三路掌法、三路擒拿法，這六路功夫，合起來叫作『天山折梅手』。」

虛竹道：「前輩重傷未愈，不宜勞頓，還是多休息一會的爲是。」童姥雙目一翻，怒道：「你嫌我的功夫是旁門左道，不屑學麼？」虛竹道：「這……這個……晚輩絕無此意，你不可誤會。」童姥道：「你是逍遙派的嫡派傳人，我這『天山折梅手』正是本門的上乘武功，無崖子叫你去無量山找李秋水這賤人教你武功，哼，這賤人心地涼薄，未必肯眞心傳你，今日我自行傳你，你天大福緣，不求自得，怎地不學？」虛竹道：「晚輩是少林派的，跟逍遙派實在毫無干係。」

童姥道：「呸！你全身盡是逍遙派內功，還說跟逍遙派毫無干係，當眞胡說八道之至。天山童姥爲人，向來不做利人不利己之事。我教你武功，是爲了我自己的好處，只因我要假你之手，抵禦強敵。你若不學會這六路『天山折梅手』，非葬身於西夏國不可，小和尚命喪西夏，毫不打緊，你姥姥可陪著你活不成了。」虛竹應道：「是！」覺得這人用心雖然不良，但甚麼都說了出來，倒是光明磊落的「眞小人」。

當下童姥將「天山折梅手」第一路的掌法口訣傳授了他。這口訣七個字一句，共十二句，八十四個字。虛竹記心極好，童姥只說了三遍，他便都記住了。這八十四字甚爲拗口，接連七個平聲字後，跟著是七個仄聲字，音韻全然不調，倒如急口令相似。好在虛竹平素甚麼「悉坦多，缽坦囉」、「揭諦，揭諦，波羅僧揭諦」等等經咒唸得甚熟，倒也不以爲奇。

童姥道：「你背負著我，向西疾奔，口中大聲唸誦這套口訣。」虛竹依言而爲，不料只唸得三個字，第四個「浮」字便唸不出聲，須得停一停腳步，換一口氣，才將第四個字唸了出來。童姥舉起手掌，在他頭頂拍下，罵道：「不中用的小和尚，第一句便背不好。」這一下雖然不重，卻正好打在他「百會穴」上。虛竹身子一晃，只覺得頭暈腦脹，再唸歌訣時，到第四個字上又是一窒，童姥又一掌拍下。

虛竹心下甚奇：「怎麼這個『浮』字總是不能順順當當的吐出？」第三次又唸時，

自然而然的一提眞氣，那『浮』字便衝口噴出。童姥笑道：「好傢伙，過了一關！」原來這首歌訣的字句與聲韻呼吸之理全然相反，平心靜氣的唸誦已不易出口，奔跑之際，更難出聲，唸誦這套歌訣，其實是調勻眞氣的法門。

到得午時，童姥命虛竹將她放下，手指一彈，一粒石子飛上天空，打下一隻烏鴉，飲了鴉血，便即練那「天長地久不老長春功」。她此時已回復到十七歲時的功力，與李秋水相較雖仍大大不如，彈指殺鴉卻輕而易舉。

童姥練功已畢，命虛竹負起，要他再誦歌訣，順背已畢，再要他倒背。這歌訣順讀已拗口之極，倒讀更加逆氣頂喉，攪舌絆齒，但虛竹憑著一股毅力，不到天黑，居然將第一路掌法的口訣不論順唸倒唸，都已背得琅琅上口，全無窒滯。

童姥很是喜歡，說道：「小和尙，倒也虧得你了……啊喲……啊喲！」突然間語氣大變，雙手握拳，在虛竹頭頂上猛擂，罵道：「你這沒良心的小賊，你……你一定和她做下了不可告人之事，我一直給你瞞在鼓裏。小賊，你還要騙我麼？你……你怎對得住我？」虛竹大驚，忙將她放落，問道：「前輩，你……你說甚麼？」童姥的臉已脹成紫色，淚水滾滾而下，叫道：「你和李秋水這賤人私通了，是不是？你還想抵賴？還不肯認？否則的話，她怎能將『小無相功』傳你？小賊，你……你瞞得我好苦。」虛竹摸不著頭腦，問道：「前輩，甚麼『小無相功』？」

童姥一呆，隨即定神，拭乾了眼淚，嘆道：「沒甚麼。你師父對我不住！」

原來虛竹背誦歌訣之時，在許多難關上都迅速通過，倒背時尤其流暢，童姥猛地想起，那定是修習了「小無相功」之故。她與無崖子、李秋水三人雖一師相傳，但三人所學頗不相同，無崖子成就最大，功力最強，繼承師父做了「逍遙派」掌門。那「小無相功」師父只傳李秋水一人，是她的防身神功，威力極強，當年童姥數次加害，李秋水皆靠「小無相功」保住性命。童姥雖不會此功，但對這門功夫的情狀十分熟悉，這時發覺虛竹身上不但蘊有此功，且功力深厚，驚怒之下，竟將虛竹當作了無崖子。待得心神清醒，想起無崖子背著自己和李秋水私通，既甚惱怒，又復自傷。其實此事數十年前早已猜到，此刻方有確證。逍遙派師兄妹三人均是內力深厚、武功高強，但除童姥外，其餘二人情愛不專。無崖子先與童姥相愛，後來童姥在練功時受李秋水故意干擾，身材永不能長大，相貌差了，無崖子便移愛李秋水，但對童姥卻絕口不認。

這天晚上，童姥不住口的痛罵無崖子和李秋水。虛竹聽她罵得雖然惡毒，但傷痛之情其實更勝於憤恨，也不禁代她難過，勸道：「前輩，人生無常，無常是苦，一切煩惱，皆因貪瞋痴而起。前輩只須離此三毒，不再想念你的師弟，也不去恨你的師妹，心中便無煩惱了。」童姥怒道：「我偏要想念你那沒良心的師父，偏要恨那壞心眼的賤人。我心中越煩惱，越開心。」虛竹搖了搖頭，不敢再勸了。

次日童姥又教他第二路掌法的口訣。如此兩人一面趕路，一面練功不輟。到得第五日傍晚，但見前面人煙稠密，來到一座大城。童姥道：「這便是西夏都城興州，你還有一路口訣沒唸熟，今日咱們要宿在興州之西，明日更向西奔出二百里，然後繞道回來。」虛竹道：「咱們到興州去麼？」童姥道：「當然是去興州。不到興州，怎能說深入虎穴？」

又過了一日，虛竹已將六路「天山折梅手」的口訣都背得滾瓜爛熟。童姥便在曠野中傳授他應用之法。她一腿已斷，只得坐在地下，和虛竹拆招。這「天山折梅手」雖只六路，但包含了逍遙派武學的精義，掌法和擒拿手之中，含蘊有劍法、刀法、鞭法、槍法、抓法、斧法等等諸般兵刃的絕招，招式奇妙，變化繁複，虛竹一時也學不了那許多。童姥道：「我這『天山折梅手』是永遠學不全的，將來你內功越高，見識越多，天下任何招數武功，都能自行化在這六路折梅手之中。好在你已學會了口訣，以後學到甚麼程度，全憑你自已了。」

虛竹道：「晚輩學這路武功，只是爲了保護前輩，待得前輩回功歸元，晚輩回到少林寺去，便要設法盡數忘卻前輩所授，重練少林派本門功夫了。」童姥向他左看右看，神色十分詫異，似乎看到了一件希奇已極的怪物，過了半晌，才嘆了口氣，道：「我這天山折梅手，豈是任何少林派的武功所能比得？你捨玉取瓦，愚不可及。但要你這小和尚忘本，可眞不容易。你合眼歇一歇，天黑後，咱們便進興州城去罷！」

到了二更時分，童姥命虛竹將她負在背上，奔到興州城外，躍過護城河後，翻上城牆，輕輕溜下地來。只見一隊隊鐵甲騎兵高舉火把，來回巡邏，兵強馬壯，軍威甚盛。

童姥輕聲指點，命他貼身高牆之下，向西北角行去，走出三里有餘，只見一座高樓衝天而起，高樓後重重疊疊，盡是構築宏偉的大屋，屋頂金碧輝煌，都是琉璃瓦。虛竹見這些大屋的屋頂依稀和少林寺相似，但富麗堂皇，更有過之，低聲道：「我佛慈悲，這裏倒有一座大廟。」童姥忍不住輕輕一笑，說道：「小和尚好沒見識，這是西夏國的皇宮，卻說是座大廟。」虛竹嚇了一跳，道：「這是皇宮麼？咱們來幹甚麼？」

童姥道：「托庇皇帝的保護啊。李秋水找不到我屍體，知我沒死，便是將地皮都翻了過來，也要找尋我下落。方圓二千里內，多半只一個地方她才不去找，那便是她自己家裏。」虛竹道：「前輩眞想得聰明，咱們多挨得一日，前輩的功力便增加一年。咱們便到你師妹家裏去罷。」童姥道：「這裏就是她家了……小心，有人過來。」

虛竹縮身躲入牆角，只見四個人影自東向西掠來，跟著又有四個人影自西邊掠來，八個人交叉而過，輕拍了一下手掌，繞了過去。這八人身形矯捷，顯然武功不弱。童姥道：「御前護衛巡查過了，快翻進宮牆，過不片刻，又有巡查過來。」虛竹見了這等聲勢，不由得膽怯，道：「皇宮中高手這麼多，要是給他們見到了，那可糟糕。咱們還是到你師妹家裏去罷。」童姥怒道：「我早說過，這裏就是她家。」虛竹道：「你又說這裏是皇宮。」童姥道：「這賤人是西夏國王的母親，她是皇太妃，皇宮便是她家了。」

這句話當眞大出虛竹意料之外，一呆之下，又見四個人影自北而南的掠來。待那四人掠過，虛竹道：「前……」只說出一個「前」字，童姥已伸手按住他嘴巴，只見高牆之後又轉出四人，悄沒聲的巡了過去。這四人突如其來，教人萬萬料想不到這黑角落中竟會躲得有人。等這四人走遠，童姥在他背上一拍，道：「從那條小弄中進去。」

虛竹見了適才那十六人巡宮的聲勢，知已身入奇險之地，若沒童姥的指點，即使立即退出，也非給這許多御前護衛發見不可，當下便依言負著她走進小弄。小弄兩側都是高牆，其實是兩座宮殿之間的一道空隙。

穿過這條窄窄的通道，在牡丹花叢中伏身片刻，候著八名御前護衛巡過，穿入了一大片假山。這片假山蜿蜒而北，綿延五六十丈。虛竹每走出數丈，便依童姥的指示停步躲藏，說也奇怪，每次藏身之後不久，必有御前護衛巡過，倒似童姥是御前護衛的總管，甚麼地方有人巡查，甚麼時候有護衛經過，她都瞭如指掌，半分不錯。如此躲躲閃閃的行了小半個時辰，只見前後左右的房舍已矮小簡陋得多，御前護衛也不再現身。

童姥指著左前方一所大石屋，道：「去到那邊。」虛竹見那石屋前老大一片空地，月光如水，照在空地之上，四周並無遮掩，當下提一口氣，飛奔而前。只見石屋牆壁均以四五尺見方的大石塊砌成，厚實異常，大門則是一排八根原棵松樹削成半邊而釘合。童姥道：「拉開大門進去！」虛竹心中怦怦亂跳，顫聲道：「你……你師妹住……住在這裏？」想起李秋水的辣手，不敢便進。童姥道：「不是。拉開了大門。」

虛竹握住門上大鐵環，拉開大門，只覺這扇門著實沉重。大門之後緊接著又有一道門，一陣寒氣從門內滲出。其時天時漸熱，高峯雖仍積雪，平地上早已冰融雪消，花開似錦，但這道內門的門上卻結了一層薄薄白霜。童姥道：「向裏推。」虛竹伸手一推，那門緩緩開了，只開得尺許一條縫，便有一股寒氣迎面撲來。推門進去，只見裏面堆滿了一袋袋裝米麥的麻袋，高與屋頂相接，顯是一個糧倉，左側留了條窄窄通道。

他好生奇怪，低聲問道：「這糧倉之中怎地如此寒冷？」童姥笑道：「把門關上。咱們進了冰庫，看來沒事了！」虛竹奇道：「冰庫？這不是糧倉麼？」一面說，一面將兩道門關上了。童姥心情甚好，笑道：「進去瞧瞧。」

兩道門一關上，倉庫中黑漆一團。虛竹摸索著從左側進去，越到裏面，寒氣越盛，左手伸出去，碰到一片又冷又硬、濕漉漉之物，顯是一大塊堅冰。正奇怪間，童姥已晃亮火摺，霎時之間，虛竹眼前出現了一片奇景，只見前後左右，都是一大塊、一大塊割切得方方正正的大冰塊，火光閃爍，照射在冰塊上，忽青忽藍，甚是奇幻。

童姥道：「咱們到底下去。」她扶著冰塊，右腿一跳一跳，當先而行，在冰塊間轉了幾轉，從屋角的一個大洞中走了下去。虛竹跟隨其後，只見洞下是一列石階，走完石階，下面又是一大屋子的冰塊。童姥道：「這冰庫多半還有一層。」果然第二層之下，又有一間大石室，也藏滿了冰塊。

童姥吹熄火摺，坐了下來，道：「咱們深入地底第三層了，那賤人再鬼靈精，也未必能找得到我。」說著長長吁了口氣。幾日來她臉色雖然鎮定，心中卻著實焦慮，西夏國高手如雲，深入皇宮內院而要避過衆高手的耳目，一來固須機警謹慎，二來也須熟知宮中門路及衛護情狀。直到此刻，方始略略放心。

虛竹嘆道：「奇怪，奇怪！」童姥道：「奇怪甚麼？」虛竹道：「這西夏國的皇宮，居然將這許多不值分文的冰塊窖藏了起來，那有甚麼用？」

童姥笑道：「這冰塊在冬天不值分文，到了炎夏，那便珍貴得很了。你倒想想，大街上、田野間，太陽猶似火蒸炭焙，人人汗出如漿，要是身邊放上兩塊大冰，蓮子綠豆湯或是薄荷百合湯中放上幾粒冰珠，滋味如何？」虛竹恍然大悟，說道：「妙極，妙極！只不過將這許多大冰塊搬了進來貯藏，花的功夫力氣著實不小，那不是太也費事麼？」童姥更是好笑，說道：「做皇帝的一呼百諾，要甚麼有甚麼，他還會怕甚麼費事？你道要皇帝老兒自己動手，將這些大冰塊推進冰庫來嗎？」

虛竹點頭道：「做皇帝也享福得緊了。只不過此生享福太多，福報一盡，來生就未必好了。哎喲，皇帝要用冰塊，常會派人來取，豈不是會見到我們？」童姥道：「皇宮裏有『天地玄黃，宇宙洪荒』八號冰庫，這裏是『荒』字號。他們要取完了前七個冰庫中的冰，才會到『荒』字號冰庫來。三個月也未必取到這裏，時候長著呢，不用躭心！」

虛竹道：「前輩，你甚麼都知道，你從前來過這裏麼？好比先前這些御前護衛甚麼時候到何處巡查，你一切全都清清楚楚？」童姥道：「這皇宮我自然來過的。我找這賤人的晦氣，豈只來過一次？那些御前護衛呼吸粗重，十丈之外我便聽見了，那有甚麼希奇？」虛竹道：「原來如此。前輩，你天生神耳，當眞非常人可及。」童姥道：「甚麼天生神耳？內功深了，便能練這功夫，那容易得很。我教你便了。」

虛竹聽到「便能練這功夫」六字，猛地想起，冰庫中並無飛禽走獸，難獲熱血，不知她如何練功？又想倉庫中糧食倒極多，但冰庫中沒法舉火，難道就以生米、生麥爲食？

童姥聽他久不作聲，問道：「你在想甚麼？」虛竹說了。童姥笑道：「你道那些麻袋中裝的是糧食麼？那都是棉花，免得外邊熱氣進來，融了冰塊。嘿嘿，你吃棉花不吃？」虛竹道：「如此說來，我們須得到外面去尋食了？」童姥道：「御廚中活雞活鴨，那還少了？不過雞鴨豬羊之血沒甚麼靈氣，不及雪峯上的梅花鹿和羚羊。咱們這就到御花園去捉些仙鶴、孔雀、鴛鴦、鸚鵡之類來，我喝血，你吃肉，那就對付了。」

虛竹忙道：「不成，不成。小僧如何能殺生吃葷？」心想童姥已到了安全之所，不必再由自己陪伴，說道：「小僧是佛門子弟，不能見你殘殺眾生，我……我這就要告辭了。」童姥道：「你到那裏去？」虛竹道：「小僧回少林寺去。」童姥大怒，道：「你不能走，須得在這裏陪我，等我練成神功，取了那賤人性命，這才放你。」

虛竹聽她說練成神功之後要殺李秋水，更加不願陪著她造惡業，站起身來，說道：「前輩，小僧便要勸你，你也一定不肯聽的。何況小僧知識淺薄，笨嘴笨舌，也想不出甚麼話來相勸，我看冤家宜解不宜結，得放手時且放手罷。」一面說，一面走向石階。

童姥喝道：「給我站住，我不許你走。」

虛竹道：「小僧要去了！」他本想說「但願你神功練成」，但隨即想到她神功一成，不但李秋水性命危險，而烏老大這些三十六洞洞主、七十二島島主，以及慕容復、段譽等等，只怕個個要死於非命，越想越怕，伸足跨上了石階。

突然間雙膝一麻，翻身跌倒，跟著腰眼裏又是一酸，全身動彈不得，心知是給童姥點了穴道。黑暗中她身子不動，凌空虛點，便封住了自己要穴，看來在這高手之前，自己只有聽由擺布，全無反抗餘地。他心中一靜，便唸起經來：「修道苦至，當念往劫，捨本逐末，多起愛憎。今雖無犯，是我宿作，甘心受之，都無怨訴。經云：逢苦不憂，識達故也……」

童姥插口道：「你唸的是甚麼鬼經？」虛竹道：「善哉，善哉！這是菩提達摩的《入道四行經》。」童姥道：「達摩是你少林寺的老祖宗，我只道他眞有通天徹地之能，那知道婆婆媽媽，是個沒骨氣的臭和尚。」虛竹道：「祖師慈悲，前輩不可妄言。」

童姥道：「你這鬼經中言道，修道時逢到困苦，那是由於往昔宿作，要甘心受之，都無怨訴。那麼無論旁人如何厲害的折磨你，你都甘心受之、都無怨訴麼？」虛竹道：「小僧修爲淺薄，於外魔侵襲、內魔萌生之際，只怕難以抗禦。」童姥道：「現下你本門少林派的功夫是一點也沒有了，逍遙派的功夫又只學得一點兒，有失無得，糟糕之極。你聽我的話，我將逍遙派的神功盡數傳你，那時你無敵於天下，豈不光采？」

虛竹雙手合什，又唸經道：「衆生無我，苦樂隨緣。縱得榮譽等事，宿因所構，今方得之。緣盡還無，何喜之有？得失隨緣，心無增減。」

童姥喝道：「呸呸，胡說八道！你武功低微，處處受人欺侮，好比現下你給我封住了穴道，我要打你罵你，你都反抗不得。又如我神功未成，只好躲在這裏，讓李秋水那賤人在外強兇霸道。你師父給你這幅圖畫，還不是叫你求人傳授武功，去收拾丁春秋這小鬼？這世界上強的欺侮人，弱的受人欺侮，你想平安快樂，便得做天下第一強者。」

虛竹唸經道：「世人長迷，處處貪著，名之爲求。智者悟眞，理與俗反，安心無爲，形隨運轉。三界皆苦，誰得而安？經曰：有求皆苦，無求即樂。」

虛竹雖無才辯，經文卻唸得極熟。這篇《入道四行經》是高僧曇琳所筆錄。曇琳是達摩自南天竺來華後所收弟子，經中所記是達摩祖師的微言法語，全部只寥寥數百字，是少林寺衆僧所必讀。他隨口而誦，卻將童姥的話都一一駁倒了。

童姥生性最爲要強好勝，數十年來言出法隨，座下侍女僕婦固然沒人敢頂她一句嘴，而三十六洞、七十二島這些桀傲不馴的奇人異士，也個個將她奉作天神一般，今日卻給這小和尚駁得啞口無言。她大怒之下，舉起右掌，便向虛竹頂門拍了下去。手掌將要碰到他腦門的「百會穴」上，突然想起：「我將這小和尚一掌擊斃，他無知無覺，仍道是他這片歪理對而我錯了，哼哼，豈有此理！」收回手掌，自行調息運功。

過得片刻，她跳上石階，推門而出，折了一根樹枝支撐，逕往御花園中奔去。這時她功力已甚了得，雖斷了一腿，仍身輕如葉，一衆御前護衛如何能夠知覺？在園中捉了兩頭白鶴，兩頭孔雀，回入冰庫。虛竹聽得她出去，又聽到她回來，再聽到禽鳥鳴叫，唸了幾聲「我佛慈悲」，既無法可施，只有任之自然。

次日午時，冰庫中無晝無夜，一團漆黑。童姥體內眞氣翻湧，知練功之時已到，咬開一頭白鶴的咽喉，吮吸其血。她練完功後，又將一頭白鶴的喉管咬開。

虛竹聽到聲音，勸道：「前輩，這頭鳥兒，你留到明天再用罷，何必多傷一條性命？」童姥笑道：「我是好心，弄給你吃的。」虛竹大驚，道：「不，不！小僧萬萬不吃。」童姥左手伸出，拿住了他下頦，虛竹沒法抗禦，嘴巴自然而然的張開。童姥倒提白鶴，將鶴血灌入他口中。虛竹只覺一股炙熱的血液順喉而下，拚命想閉住喉嚨，但穴道為童姥所制，不由自主，心中又氣又急，兩行熱淚奪眶而出。

童姥灌罷鶴血，右手抵在他背心的靈台穴上，助他真氣運轉，隨即又點了他「關元」、「天突」兩穴，令他沒法嘔出鶴血，嘻嘻笑道：「小和尚，你佛家戒律，不食葷腥，這戒是破了罷？一戒既破，再破二戒又有何妨？哼，世上有誰跟我作對，我便跟他作對到底。總而言之，我要叫你做不成和尚。」虛竹甚是氣苦，說不出話來。

童姥笑道：「經云：有求皆苦，無求即樂。你一心要遵守佛戒，那便是『求』了，求而不得，心中便苦。須得安心無為，形隨運轉，佛戒能遵便遵，不能遵便不遵，那才叫做『無求』，哈哈，哈哈！」

如此過了一個多月，童姥已回復到六十幾歲時的功力，出入冰庫和御花園時直如無形鬼魅，若不是忌憚李秋水，早就離宮他去了。她每日喝血練功之後，總是點了虛竹的穴道，將禽獸的鮮血生肉塞入他腹中，待過得兩個時辰，虛竹肚中食物消化淨盡，沒法嘔出，這才解開他穴道。虛竹在冰庫中被迫茹毛飲血，過著暗無天日的日子，當真苦惱不堪，只有誦唸經文中「逢苦不憂，識達故也」的句子，強自慰解，但實情是「逢苦必憂，難以識達」，以致苦上加苦。

這一日童姥又聽他在嘮嘮叨叨的唸甚麼「修道苦至，當念往劫」，甚麼「甘心受之，都無怨訴」，冷笑道：「你是兔鹿鶴雀，甚麼葷腥都嘗過了，還成甚麼和尚？還唸甚麼經？」虛竹道：「小僧爲前輩所逼迫，非出自願，就不算破戒。」童姥冷笑道：「倘若無人逼迫，你自己是決計不破戒的？」虛竹道：「小僧潔身自愛，決不敢壞了佛門的規矩。」童姥道：「好，咱們便試一試。」這日便不再逼迫虛竹喝血吃肉。虛竹甚喜，連聲道謝。

次日童姥仍不強他吃肉飲血。虛竹只餓得肚中咕咕直響，說道：「前輩，你神功即將練成，已不須小僧伺候了。小僧便欲告辭。」童姥道：「我不許你走。」虛竹道：「小僧肚餓得緊，那麼相煩前輩找些青菜白飯充飢。」童姥道：「那倒可以。」便即點了他穴道，令他無法逃走，自行出去。過不多時，回入冰庫。

虛竹只聞到一陣香氣撲鼻，登時滿嘴都是饞涎。托托托三聲，童姥將三隻大碗放在他面前，說道：「一碗紅燒肉，一碗清蒸肥鷄，一碗糖醋鯉魚，快來吃罷！」虛竹驚道：「阿彌陀佛，小僧寧死不吃。」三大碗肥鷄魚肉的香氣不住衝到鼻中，他強自忍住，自管唸經。童姥夾起碗中鷄肉，吃得津津有味，連聲讚美，虛竹卻只唸佛。

第三日童姥又去御廚中取來幾碗葷菜，火腿、海參、熊掌、烤鴨，香氣更加濃郁。虛竹雖餓得虛弱無力，卻始終忍住不吃。童姥心想：「在我跟前，你要強好勝，是決計不肯取食的。」於是走出冰庫之外，半日不歸，心想：「只怕你非偷食不可。」那知回來後將這幾碗菜餚拿到光亮下一看，竟連一滴湯水也沒動過。

到得第九日時，虛竹唸經的力氣也沒了，只咬些冰塊解渴，卻從不伸手去碰放在面前的葷腥。童姥大怒，伸手抓住他胸口，將一碗紅燒肘子一塊塊塞入他口中。她雖強著虛竹吃葷，卻知這場比拚終是自己輸了，狂怒之下，噼噼啪啪的連打他三四十個耳光，喝罵：「死和尚，你跟姥姥作對，要知道姥姥厲害！」虛竹不嗔不怒，只輕聲唸佛。

此後數日之中，童姥總是大魚大肉去灌他。虛竹逆來順受，除了唸經，便即睡覺。

這一日睡夢之中，虛竹忽然聞到一陣甜甜的幽香，這香氣既非佛像前燒的檀香，也不是魚肉的菜香，只覺得全身通泰，說不出的舒服，迷迷糊糊之中，又覺得有一樣軟軟的物事靠在自己胸前，他一驚而醒，伸手摸去，著手處柔膩溫暖，竟是一個不穿衣服之人的身體。他大吃一驚，道：「前輩，你……你怎麼了？」

那人道：「我……我在甚麼地方啊？怎地這般冷？」喉音嬌嫩，是個少女聲音，絕非童姥。虛竹更加驚得呆了，顫聲問道：「你……你……是誰？」那少女道：「我……我……好冷，你又是誰？」說著便往虛竹身上靠去。

虛竹待要站起身來相避，一撐持間，左手扶住了那少女肩頭，右手卻攬在她柔軟纖細的腰間。虛竹今年二十四歲，生平只和阿紫、童姥、李秋水三個女人說過話，這二十四年之中，便只在少林寺中唸經參禪。但知好色而慕少艾，乃人之天性，虛竹雖謹守戒律，每逢春暖花開之日，亦不免心頭蕩漾，幻想男女之事。只是他不知女人究竟如何，所有想像，當然怪誕離奇，莫衷一是，更從來不敢與師兄弟提及。此刻雙手碰到了那少女柔膩嬌嫩的肌膚，一顆心簡直要從口腔中跳了出來，卻再難釋手。

那少女嚶嚀一聲，轉過身來，伸手勾住了他頭頸。虛竹但覺那少女吹氣如蘭，口脂香陣陣襲來，不由得天旋地轉，全身發抖，顫聲道：「你……你……你……」那少女道：「我好冷，可是心裏又好熱。」虛竹難以自已，雙手微一用力，將她抱在懷裏。那少女「唔，唔」兩聲，湊過嘴來，兩人吻在一起。

虛竹所習的少林派禪功已盡數爲無崖子化去，定力全失，他是個未經人事的壯男，當此天地間第一大誘惑襲來之時，竟絲毫不加抗禦，將那少女愈抱愈緊，片刻間神遊物外，竟不知身在何處。那少女更熱情如火，將虛竹當作了愛侶。

也不知過了多少時候，虛竹慾火漸熄，大叫一聲：「啊喲！」要待跳起身來。但那少女仍緊緊摟抱著他，膩聲道：「別……別離開我。」虛竹神智清明，也只一瞬間事，隨即又將那少女抱在懷中，輕憐密愛，竟無厭足。

兩人纏在一起，又過了大半個時辰，那少女道：「好哥哥，你是誰？」這六個字嬌柔婉轉，但在虛竹聽來，宛似半空中打了個霹靂，顫聲道：「我……我大大的錯了。」那少女道：「你爲甚麼大大的錯了？」

虛竹結結巴巴的無法回答，只道：「我……我是……」突然間脅下一麻，給人點中了穴道，跟著一塊毛氈蓋上，那赤裸少女離了他懷抱。虛竹叫道：「你……你別走，別走！」黑暗中一人嘿嘿嘿的冷笑三聲，正是童姥的聲音。虛竹一驚之下，險些暈去，全身癱軟，腦海中一片空白。耳聽得童姥抱了那少女，走出冰庫。

過不多時，童姥便即回來，笑道：「小和尚，我讓你享盡了人間艷福，你如何謝我？」虛竹道：「我……我……」心中兀自渾渾沌沌，說不出話來。童姥解開他穴道，笑道：「佛門子弟要不要守淫戒？這是你自己犯戒呢，還是給姥姥逼迫？你這口是心非、風流好色的小和尚，你倒說說，是姥姥贏了，還是你贏了？哈哈，哈哈！」越笑越響，得意之極。

虛竹心下恍然，知道童姥爲了惱他寧死不肯食葷，卻去擄了一個少女來，誘得他破了淫戒，不由得既悔恨，又羞恥，突然間縱起身來，腦袋疾往堅冰上撞去，砰的一聲大響，跌倒在地。

童姥大吃一驚，沒料到這小和尚性子如此剛烈，才從溫柔鄉中回來，便圖自盡，忙伸手將他拉起，一摸之下，幸好尚有鼻息，但頭頂已撞破一洞，汩汩流血，忙給他裹好了傷，餵以一枚「九轉熊蛇丸」，罵道：「你發瘋了？若不是你體內已有北冥眞氣，這一撞已然送了你小命。」虛竹垂淚道：「小僧罪孽深重，害人害己，再也不能做人了。」童姥道：「嘿嘿，要是每個和尚犯了戒便圖自盡，天下還有幾個活著的和尚？」

虛竹一怔，想起自戕性命，乃佛門大戒，自己憤激之下，竟又犯了一戒。他倚在冰塊之上，渾沒了主意，心中自怨自責，卻又不自禁的想起那少女來，適才種種溫柔旖旎之事，綿綿不絕的湧上心頭，突然問道：「那……那位姑娘，她是誰？」

童姥哈哈一笑，道：「這位姑娘今年一十七歲，端麗秀雅，無雙無對。」

適才黑暗之中，虛竹看不到那少女的半分容貌，但肌膚相接，柔音入耳，想像起來也必是個十分容色的美女，聽童姥說她「端麗秀雅，無雙無對」，不由得長長嘆了口氣。童姥微笑道：「你想她不想？」虛竹不敢說謊，卻又不便直承其事，只得又嘆了一口氣。

此後幾個時辰，他魂不守舍，全在迷迷糊糊中過去。童姥再拿雞鴨魚肉之類葷食放在他面前，虛竹起了自暴自棄之心，尋思：「我已成佛門罪人，既拜入了別派門下，又犯了殺戒、淫戒，還成甚麼佛門弟子？」拿起雞肉便吃，只是食而不知其味，怔怔的又流下淚來。童姥笑道：「率性而行，是謂眞人，這才是個好小子呢。」

再過兩個時辰，童姥竟又去將那裸體少女用毛氈裹了來，送入他懷中，自行走上第二層冰窖，讓他二人留在第三層冰窖中。

那少女悠悠嘆氣，道：「我又做這怪夢了，眞叫我又是害怕，又是……又是……」虛竹道：「又是怎樣？」那少女抱著他頭頸，柔聲道：「又是歡喜。」說著將右頰貼在他左頰之上。虛竹只覺她臉上熱烘烘地，不覺動情，伸手抱了她纖腰。

那少女道：「好哥哥，我到底是不是在做夢？要說是夢，爲甚麼我淸淸楚楚知道你抱著我？我摸得到你的臉，摸得到你的胸膛，摸得到你的手臂。」她一面說，一面輕輕撫摸虛竹的面頰、胸膛，又道：「要說不是做夢，我怎麼好端端的睡在床上，突然間會……會身上沒了衣裳，到了這又冷又黑的地方？這裏寒冷黑暗，卻又有一個你，有一個你在等著我、憐我、惜我？」

虛竹心想：「原來你給童姥擄來，也是迷迷糊糊的，神智不淸。」只聽那少女又柔聲道：「平日我一聽到陌生男人的聲音也要害羞，怎麼一到了這地方，我便……我便心神蕩漾，不由自主？唉，說是夢，又不像夢，說不像夢，又像是夢。昨晚上做了這個奇夢，今兒晚上又做，難道……難道，我眞的和你是前世因緣麼？好哥哥，你到底是誰？」虛竹失魂落魄的道：「我……我是……」要說「我是一個小和尙」，這句話卻說不出口。

那少女伸手按住了他嘴，低聲道：「你別跟我說，我……我心裏害怕。」虛竹抱著她身子的雙臂緊了一緊，問道：「你怕甚麼？」那少女道：「我怕你一出口，我這場夢便醒了。你是我的夢中情郎，我叫你『夢郎』，夢郎，夢郎，你說這名字好不好？」她本來按在虛竹嘴上的手掌移了開去，撫摸他眼睛鼻子，似乎是愛憐，又似以手代目，要知道他的相貌。那隻溫軟的手掌摸上了他眉毛，摸到了他額頭，又摸到了他頭頂。

虛竹大吃一驚：「糟糕，她摸到了我的光頭。」豈知那少女所摸到的卻是一片短髮。原來虛竹在冰庫中已近二月，再加上先前的日子，光頭上早已生了三寸來長的頭髮。那少女柔聲道：「夢郎，你的心爲甚麼跳得這樣厲害？爲甚麼不說話？」

虛竹道：「我……我跟你一樣，也是又快活，又害怕。我玷污了你冰清玉潔的身子，死一萬次也報答不了你。」那少女道：「千萬別這麼說，咱們是在做夢，不用害怕。你叫我甚麼？」虛竹道：「嗯，你是我的夢中仙姑，我叫你『夢姑』好麼？」那少女拍手笑道：「好啊，你是我的夢郎，我是你的夢姑。這樣的甜夢，咱倆要做一輩子，眞盼永遠也不會醒。」說到情濃之處，兩人又沉浸於美夢之中，眞不知是眞是幻？是天上人間？

過了幾個時辰，童姥才用毛氈來將那少女裹起，帶了出去。

次日，童姥又將那少女帶來和虛竹相聚。兩人第三日相逢，迷惘之意漸去，慚愧之心亦滅，恩愛無極，盡情歡樂。虛竹始終不敢吐露兩人何以相聚的眞相，那少女也只當是身在幻境，一字不提入夢之前的情景。

這三天的恩愛纏綿，令虛竹覺得這黑暗的寒冰地窖便是極樂世界，又何必皈依我佛，別求解脫？

第四日上，虛竹吃了童姥搬來的熊掌、鹿肉等等美味之後，料想她又要去帶那少女來和自己溫存聚會，不料左等右等，童姥始終默坐不動。虛竹猶如熱鍋上螞蟻一般，坐立不定，幾次三番想出口詢問，卻又不敢。

如此挨了兩個多時辰，童姥對他的局促焦灼種種舉止，一一聽在耳裏，卻毫不理睬。虛竹再也忍耐不住，問道：「前輩，那姑娘，是……是皇宮中的宮女麼？」童姥哼了一聲，並不答理。虛竹心道：「你不肯答，我只好不問了。」但想到那少女的溫柔情意，當眞心猿意馬，無可羈勒，強忍了一會，只得央求道：「求求你做做好事，跟我說了罷。」童姥道：「今日你別跟我說話，明日再問。」虛竹雖心急如焚，卻也不敢再提。

好容易挨到次日，食過飯後，虛竹道：「前輩……」童姥道：「你想知道那姑娘是誰，有何難處？便是你想日日夜夜都和她相聚，再不分離，那也容易……」虛竹只喜得心癢難搔，不知說甚麼好。童姥又道：「你到底想不想？」虛竹一時卻不敢答應，囁嚅道：「晚輩不知如何報答才是。」

童姥道：「我也不要你報答甚麼。只是我的『天長地久不老長春功』再過幾天便要功行圓滿了，這幾日是要緊關頭，半分鬆懈不得，連食物也不能出外去取，所有活牲口和熟食我都已取來。你要會那美麗姑娘，須得等我大功告成之後。」

虛竹雖然失望，但知童姥所云確是實情，好在爲日無多，這幾天中便只有苦熬相思了，當下應道：「是！一憑前輩吩咐。」童姥又道：「我神功一成，立時便要去找李秋水那賤人算帳。本來那賤人萬萬不是我敵手，但我不幸給這賤人斷了一腿，眞氣大受損傷，大仇是否能報，也就沒把握了。萬一我死在她手裏，沒法帶那姑娘給你，那也是天意，無可如何。除非……除非……」虛竹心中怦怦亂跳，問道：「除非怎樣？」童姥道：「除非你能助我一臂之力。」虛竹道：「晚輩武功低微，又能幫得了甚麼？」

童姥道：「我跟那賤人決鬥，勝負只相差一線。她要勝我固然甚難，我要殺她，也不容易。從今日起，我再教你一套『天山六陽掌』功夫。待我跟那賤人鬥到緊急當口，你使出這路掌法來，只須在那賤人身上一按，她立刻眞氣宣洩，非輸不可。」

虛竹好生爲難，尋思：「我雖犯了戒，做不成佛門弟子，但要我助她殺人，這種惡事，大違良心，那是決計幹不得的。」便道：「前輩要我相助一臂之力，本屬應當，但你若因此而殺了她，晚輩卻罪孽深重，從此沉淪，萬劫不得超生了。」

童姥怒道：「嘿，死和尚，你和尚做不成了，卻仍存著和尚心腸，那是甚麼東西？像李秋水這等壞人，殺了她有甚麼罪孽？」虛竹道：「縱是大奸大惡之人，也應當教誨感化，不可妄加殺害。」童姥更加怒氣勃發，厲聲道：「你不聽我話，休想再見那姑娘一面。你想想清楚罷。」虛竹黯然無語，心中只是唸佛。

童姥聽他半晌沒再說話，喜道：「你爲了那個小美人兒，只好答允了，是不是？」虛竹道：「要晚輩爲了一己歡娛，卻去損傷人命，此事決難從命。就算此生此世再也難見那位姑娘，也是前生注定的因果。宿緣既盡，無可強求。強求尚不可，何況爲非作惡以求？那就更加不可了。」說了這番話後，便唸經道：「宿因所構，緣盡還無。得失隨緣，心無增減。」話雖如此說，但想到從此不能再和那少女相聚，心下自是黯然。

童姥道：「我再問你一次，你練不練天山六陽掌？」虛竹道：「實難從命，前輩原諒。」童姥怒道：「那你給我滾出去罷，滾得越遠越好。」虛竹站起身來，深深一躬，說道：「前輩千萬保重。」想起和她一場相聚，雖給她引得破戒，做不成和尚，但也因此而得遇「夢姑」，內心深處，總覺童姥對自己的恩惠多而損害少，臨別時不禁有些難過，又想她大敵未去，凶險未脫，說道：「前輩多多保重，千萬小心，晚輩不能再服侍你了。」轉過身來，走上了石階。

他怕童姥再點他穴道，阻他離去，一踏上石階，立即飛身而上，胸口提了北冥眞氣，頃刻間奔到了第二層冰窖，跟著又奔上第一層，伸手便去推門。他右手剛碰到門環，突覺雙腿與後心一痛，叫聲：「啊喲！」情知又中了童姥的暗算，身子一晃之間，雙肩之後兩下針刺般的疼痛，登時翻身摔倒。

只聽童姥陰惻惻的道：「你已中了我所發的暗器，知不知道？」虛竹但覺傷口處陣陣麻癢，又有針刺般的疼痛，直如萬蟻咬嚙，說道：「自然知道。」童姥冷笑道：「你可知道這是甚麼暗器？這是『生死符』！」

虛竹耳朵中嗡的一聲，登時想起了烏老大等一干人一提到「生死符」便嚇得魂不附體的情狀。他只道「生死符」是一張能制人死命的符咒之類，那想到竟是一種暗器，烏老大這羣人個個兇悍狠毒，卻給「生死符」制得服服貼貼，這暗器的厲害可想而知。

只聽童姥又道：「生死符入體之後，永無解藥。烏老大這批畜生反叛縹緲峯，便是不甘永受生死符所制，想要到靈鷲宮去盜得破解生死符的法門。這羣狗賊痴心妄想，發他們的狗屁春秋大夢，你姥姥生死符的破解之法，豈能偷盜而得？」

虛竹只覺傷處越癢越厲害，而且奇癢漸漸深入，不到一頓飯時分，連五臟六腑也似發起癢來，眞想一頭便在牆上撞死了，勝似受這煎熬之苦，忍不住大聲呻吟。

童姥說道：「你想生死符的『生死』兩字，是甚麼意思？這會兒懂得了罷？」虛竹心中說道：「懂了，懂了！那是『求生不得、求死不能』之意。」但除了呻吟之外，再也沒說話的絲毫力氣。童姥又道：「適才你臨去之時，說了兩次要我多多保重，言語之中，頗有關切之意，你小子倒也不是沒良心。何況你救過姥姥的性命，天山童姥恩怨分明，有賞有罰，你畢竟跟烏老大他們那些混蛋大大不同。姥姥在你身上種下生死符，那是罰，可是又給你除去，那是賞。」

虛竹呻吟道：「咱們把話說明在先，你若以此要挾，要我幹那……幹那傷天害理之事，我……我寧死不……不……不……不……」這「寧死不屈」的「屈」字卻始終說不出口。童姥冷笑道：「哼，瞧你不出，倒是條硬漢子。可是你為甚麼哼哼唧唧的，說不出話？你可知那安洞主為甚麼說話口吃？」

虛竹驚道：「他當年也是中了你的生……生……以致痛得口……口……口……」童姥道：「你知道就好。這生死符一發作，一日厲害一日，奇癢劇痛遞加九九八十一日，然後逐步減退，八十一日之後，又再遞增，如此周而復始，永無休止。每年我派人巡行各洞各島，賜以鎮痛止癢之藥，這生死符一年之內便可不發。」

虛竹這才恍然，衆洞主、島主所以對童姥的使者敬若神明，甘心挨打，乃是為了這份可保一年平安的藥劑。如此說來，自己豈不是終身也只好受她如牛馬般的役使？

童姥和他相處將近三月，已摸熟了他脾氣，知他為人外和內剛，雖對人謙和，內心卻十分固執，決不肯受人要脅而屈服，說道：「我說過的，你跟烏老大那些畜生不同，姥姥不會每年給你服一次藥鎮痛止癢，使你整日價食不知味、睡不安枕。你身上一共給我種了九張生死符，我可以一舉給你除去，斬草除根，永無後患。」

虛竹道：「如此，多……多……多……」那個「謝」字始終說不出口。

當下童姥給他服了一顆藥丸，片刻間痛癢立止。童姥道：「要除去這生死符的禍胎，須用掌心內力。我這幾天神功將成，不能為你消耗元氣，我教你運功出掌的法門，你便自行化解罷。」虛竹道：「是。」

童姥便即傳他如何將北冥眞氣自丹田經由天樞、太乙、梁門、神封、神藏諸穴，通過曲池、大陵、陽谿而至掌心，這眞氣自足上經脈通至掌心的法門，是她逍遙派獨到的奇功，再教他將這眞氣吞吐、盤旋、揮洒、控縱的諸般法門。虛竹體內眞氣本足，練了兩日，已然純熟。

童姥又道：「烏老大這些畜生，人品雖差，武功卻著實不低。他們所交結的狐羣狗黨之中，也頗有些內力深湛的傢伙，但沒一個能以內力化解我的生死符，你道那是甚麼緣故？」她頓了一頓，明知虛竹回答不出，接著便道：「只因我種入他們體內的生死符種類既各各不同，所使手法也大異其趣。他如以陽剛手法化解了一張生死符，未解的生死符如是在太陽、少陽、陽明等經脈中的，感到陽氣，力道劇增，盤根糾結，深入臟腑，即便不可收拾。他如以陰柔之力化解罷，太陰、少陰、厥陰經脈中的生死符又會大大作怪。更何況每一張生死符上我都含有份量不同的陰陽之氣，旁人如何能解？你身上這九張生死符，須以九種不同的手法化解。」當下傳了他一種手法，待他練熟之後，便和他拆招，以諸般陰毒繁複手法攻擊，命他以所學手法應付。

童姥又道：「我這生死符千變萬化，你下手拔除之際，也須隨機應變，稍有差池，不是立刻狂噴鮮血、氣窒身亡，便是全身癱瘓、經脈逆轉、內力崩瀉。須當視生死符如大敵，全力以赴，半分鬆懈不得。」

虛竹受教苦練，但覺童姥所傳的法門巧妙無比，氣隨意轉，不論她以如何狠辣的手法攻來，均能以這法門化解，而且化解之中，必蘊猛烈反擊的招數。他越練越佩服，才知「生死符」所以能令三十六洞洞主、七十二島島主心膽俱裂、魂飛魄散，確有他無窮的威力，若非童姥親口傳授，那想得到天下竟有如此神妙的化解之法？

他花了四日功夫，才將九種法門練熟。

童姥甚喜，說道：「小……小子倒還不笨。兵法有云：知己知彼，百戰百勝。你要制服生死符，便須知道種生死符之法，你可知生死符是甚麼東西？」虛竹一怔，道：「那是一樣暗器。」童姥道：「不錯，是暗器，然而是怎麼樣的暗器？像袖箭呢，還是像鋼鏢？像菩提子呢，還是像金針？」虛竹尋思：「我身上中了九枚暗器，雖然又痛又癢，摸上去卻無影無蹤，實不知是甚麼形狀。」一時難答。

童姥道：「這便是生死符了，你拿去摸個仔細。」

想到這是天下第一厲害的暗器，虛竹心下惴惴，伸出手去接，一接到掌中，便覺一陣冰冷，那暗器輕飄飄地，圓圓的一小片，只不過是小指頭大小，邊緣鋒銳，其薄如紙。虛竹要待細摸，突覺手掌心中涼颼颼地，過不多時，那生死符竟已不知去向。他大吃一驚，童姥又沒伸手來奪，這暗器怎會自行變走？當眞神出鬼沒，不可思議，叫道：「啊喲！」心道：「糟糕，糟糕！生死符鑽進我手掌心去了。」

童姥道：「你明白了麼？」虛竹道：「我……我……」童姥道：「我這生死符，乃是一片圓圓的薄冰。」虛竹「啊」的一聲叫，登時放心，這才明白，原來這片薄冰爲掌中熱力所化，頃刻間不知去向。他掌心內力煎熬如爐，將冰化而爲汽，竟連水漬也沒留下。

童姥說道：「要學破解生死符的法門，須得學會如何發射，而要學發射，自然先須學會製煉。別瞧這小小的一片薄冰，要製得其薄如紙，不穿不破，卻也大非容易。你在手掌中放一些水，然後倒運內力，使掌心中發出來的眞氣冷於寒冰數倍，淸水自然凝結成冰。」當下教他如何倒運內力，怎樣將陽剛之氣轉爲陰柔。無崖子傳給他的北冥眞氣原是陰陽兼具，虛竹以往練的都是陽剛一路，但內力既有底子，只要一切逆其道而行便是，倒也不是難事。

生死符製成後，童姥再教他發射的手勁和認穴準頭，在這片薄冰之上，如何附著陽剛內力，又如何附著陰柔內力，又如何附以三分陽、七分陰，或者是六分陰、四分陽，雖只陰陽二氣，但先後之序旣異，多寡之數又復不同，隨心所欲，變化萬千。虛竹又足足花了三天時光，這才學會。童姥喜道：「小子倒也不笨，學得挺快，這生死符的基本功夫，你已經學會了。說到變化精微，認穴無訛，那是將來的事了。」

第四日上，童姥命他調勻內息，雙掌凝聚眞氣，說道：「你一張生死符中在右腿膝彎內側『陰陵泉』穴上，你右掌運陽剛之氣，以第二種法門急拍，左掌運陰柔之力，以第七種手法緩緩抽拔。連拔三次，便將這生死符中的熱毒和寒毒一起化解了。」虛竹依言施爲，果然「陰陵泉」穴上一團窒滯之意霍然而解，關節靈活，說不出的舒適。

童姥一一指點，虛竹便一一化解。終於九張生死符盡數化去，虛竹不勝之喜。

童姥嘆了口氣，說道：「明日午時，我的神功便練成了。收功之時，千頭萬緒，凶險無比，今日我要定下心來好好靜思一番，你就別再跟我說話，以免亂我心神。」虛竹應道：「是。」心想：「日子過得好快，不知不覺，居然整整三個月過去了。」

便在這時候，忽聽得一個蚊鳴般的微聲鑽入耳來：「師姊，師姊，你躲在那裏啊？你怎地到了妹子家裏，卻不出來相見？既太見外，又有點兒喧賓奪主，是不是啊？」

這聲音輕細之極，但每一個字都聽得淸晰異常。卻不是李秋水是誰？

李秋水從虛竹手中接過畫軸，展開來看了半晌，雙手不住發抖，黯然道：「她是我的小妹子。」

三七　同一笑　到頭萬事俱空

虛竹一驚之下，叫道：「啊喲，不好了，她……她……」童姥喝道：「大驚小怪幹甚麼？」虛竹低聲道：「她……她尋到了。」童姥道：「她雖知道我進了皇宮，卻不知我躲在何處。皇宮中房舍千百，她一間間的搜去，十天半月，也未必能搜得到這兒。」虛竹這才放心，舒了口氣，說道：「只消挨過明日午時，咱們便不怕了。」果然聽得李秋水的聲音漸漸遠去，終於聲息全無。

但過不到半個時辰，李秋水那細聲呼叫又鑽進冰窖來：「好師姊，你記不記得無崖子師哥啊？他這會兒正在小妹宮中，等著你出來，有幾句要緊話兒要對你說。」

虛竹低聲道：「不對，不對！無崖子前輩早已仙去了，你……你別上她當。」

童姥說道：「咱們便在這裏大喊大叫，她也聽不見。她是在運使『傳音搜魂大法』，想逼我出去。她提到無崖子甚麼的，只是想擾亂我心神，我怎會上她當？」

但李秋水的說話竟無休無止，一個時辰又一個時辰的說下去，一會兒回述從前師門同窗學藝時的情境，一會兒說無崖子對她如何銘心刻骨的相愛，隨即破口大罵，將童姥說成是天下第一淫蕩惡毒、潑辣無恥的賤女人，說道那都是無崖子背後罵她的話。

虛竹雙手按住耳朵，那聲音竟會隔著手掌鑽入耳中，說甚麼也攔不住。虛竹只聽得心情煩躁異常，叫道：「都是假的，都是假的！我不信！」撕下衣上布片塞入雙耳。

童姥淡淡的道：「這聲音是擋不住的。這賤人以高深內力送出說話，咱們身處第三層冰窖之中，語音兀自傳到，布片塞耳，又有何用？皇宮中嬪妃護衛、宮女太監，無慮千百人之衆，不過他們身無逍遙派內力，沒一人能聽到半點聲音。你須當平心靜氣，聽而不聞，將那賤人的言語，都當作是驢鳴犬吠。」虛竹應道：「是。」但說到「視而不見、聽而不聞」的定力，逍遙派的功夫比之少林派的禪功可就差得遠了，虛竹的少林派功夫既失，李秋水的話便不能不聽，聽到她所說童姥的種種惡毒之事，又不免將信將疑，不知是眞是假。

過了一會，他突然想起一事，說道：「前輩，你練功的時刻快到了罷？這是你功德圓滿的最後關頭，事關重大，聽到這些言語，豈不要分心？」童姥苦笑道：「你到此刻方知麼？這賤人算準時刻，知道我神功一成，她便不是我敵手，是以竭盡全力來阻擾。」虛竹道：「那麼你就暫且擱下不練，行不行？在這般厲害的外魔侵擾之下，再練功只怕有點……有點兒凶險。」童姥道：「你寧死也不肯助我對付那賤人，卻如何又關心我的安危？」虛竹一怔，道：「我不肯助前輩害人，卻更加不願別人加害前輩。」

童姥道：「你心地倒好。這件事我早已千百遍想過了。這賤人一面以『傳音搜魂大法』亂我心神，一面遣人率領靈獒，搜查我的蹤跡，這皇宮四周早已布置得猶如銅牆鐵壁相似。逃是逃不出去的，可是多躲得一刻，卻又多一分危險。也幸虧咱們深入險地，到了她家裏來，否則只怕兩個月之前便給她發現了，那時我功力低微，沒絲毫還手之力，一聽到她的『傳音搜魂大法』，早就乖乖的自己走了出去，束手待縛。傻小子，午時已到，姥姥要練功了。」說著咬斷了一頭白鶴的頭頸，吮吸鶴血，盤膝而坐。

虛竹聽得李秋水的話聲越來越慘厲，想必她算準時刻，今日午時正是她師姊妹兩人生死存亡的大關頭。突然之間，李秋水語音變得溫柔之極，說道：「好師哥，你抱住我，嗯，唔，唔，再抱緊些，你親我，親我這裏。」虛竹一呆，心道：「她怎麼說起這些怪話來？」

只聽得童姥「哼」了一聲，怒罵：「賊賤人！」虛竹大吃一驚，心知童姥這時正當練功的緊要關頭，突然分心怒罵，那可凶險無比，一個不對，便會走火入魔，全身經脈迸斷。他雖然躭心，可也沒法相助。卻聽得李秋水的柔聲暱語不斷傳來，都是與無崖子歡愛之辭。虛竹忍不住想起前幾日和那少女歡會的情景，慾念大興，全身熱血流動，肌膚發燙。

但聽得童姥喘息粗重，罵道：「賊賤人，師弟從來沒眞心喜歡你，你這般無恥勾引他，好不要臉！」虛竹驚道：「前輩，她……她是故意氣你激你，你千萬不可當眞。」

童姥又罵：「無恥賤人，他對你若有眞心，何以臨死之前，巴巴的趕上縹緲峯來，將七寶指環傳了給我？他又拿了一幅我十八歲那年的畫像給我看，是他親手繪的，他說六十多年來，這幅畫像朝夕陪伴著他，跟他寸步不離。嘿，你聽了好難過罷……」她滔滔不絕的說下去，虛竹聽得呆了。童姥爲甚麼要說這些假話？難道她走火入魔，神智失常了麼？更何況似乎也是傳音出去，要讓李秋水聽到。

猛聽得砰的一聲，冰庫大門推開，接著又是開複門、關大門、關複門的聲音。只聽得李秋水嘶啞著嗓子道：「你說謊，你說謊。師哥他……他……他只愛我一人。他決不會畫你的肖像，你這矮子，他怎麼會愛你？你胡說八道，專會騙人……」

只聽得砰砰砰砰接連十幾下巨響，猶如雷震一般，在第一層冰窖中傳將下來。虛竹一呆，聽得童姥哈哈大笑，叫道：「賊賤人，你以爲師弟只愛你一人嗎？你當眞想昏了頭。我是矮子，不錯，遠不及你窈窕美貌，可是師弟早就甚麼都明白了。你一生便只喜歡勾引英俊瀟洒的少年，連他的徒兒丁春秋這種小無賴你也勾引。師弟說，我到老仍是處女之身，對他始終一情不變。你卻自己想想，你有過多少情人？你去嫁了西夏國王做皇妃，師弟怎麼還會理你？」這聲音竟然也是在第一層冰窖之中，她甚麼時候從第三層飛身而至第一層，虛竹全沒知覺。又聽得童姥笑道：「咱師姊妹幾十年沒見了，該當好好親熱親熱才是。冰庫的大門是封住啦，免得別人進來打擾。哈哈，你喜歡倚多爲勝，不妨便叫幫手進來。你動手搬開冰塊啊！你傳音出去啊！」

一霎時間，虛竹心中轉過了無數念頭：童姥激怒了李秋水，引得她進了冰窖，隨即投擲大冰塊，堵塞大門，決意和她拚搏生死。這一來，李秋水在西夏國皇宮中雖有偌大勢力，卻已沒法召人進來相助。但她爲甚麼不推開冰塊？爲甚麼不如童姥所說，傳音出去叫人攻打進來？想來不論推冰還是傳音，都須分心使力，童姥窺伺在側，自然會抓住機會，予以致命一擊；又不然李秋水生性驕傲，不願借助外人，定要親手和情敵算帳。虛竹又想：往日童姥練功之時，不言不動，於外界事物似乎全無知覺，今日卻忍不住出聲和李秋水爭鬥，神功之成，終於還差一日，豈不是爲山九仞，功虧一簣？不知今日這場爭鬥誰勝誰敗，倘若童姥得勝，不知是否能逃出宮去，明日補練？

但聽得第一層中砰砰嘭嘭之聲大作，顯然童姥和李秋水正在互擲巨冰相攻。虛竹與童姥相聚三月，雖然老婆婆喜怒無常，行事任性，令他著實吃了不少苦頭，但朝夕與共，不由得生出親近之意，生怕她遭了李秋水的毒手，便走上第二層去，要相應照看。

他剛上第二層，便聽李秋水喝問：「是誰？」砰嘭之聲即停。虛竹屏氣凝息，不敢回答。童姥說道：「那是中原武林的第一風流浪子，外號人稱『粉面郎君武潘安』，你想不想見？」虛竹心道：「我這般醜陋的容貌，那裏會有甚麼『粉面郎君武潘安』的外號？唉，前輩拿我來取笑了。」

卻聽李秋水道：「胡說八道，我是幾十歲的老太婆了，還喜歡少年兒郎麼？甚麼『粉面郎君武潘安』，多半便是背著你東奔西跑的那個醜八怪小和尚。」提高聲音叫道：「小和尚，是你麼？」虛竹心中怦怦亂跳，不知是否該當答應。童姥叫道：「夢郎，你是小和尚嗎？哈哈，夢郎，人家把你這個風流俊俏的少年兒郎說成是個小和尚，眞把人笑死了。」

「夢郎」兩字一傳入耳中，虛竹登時滿臉通紅，慚愧得無地自容，心中只道：「糟糕，糟糕，那姑娘跟我所說的話，都讓童姥聽去了，這些話怎可給旁人聽到？啊喲，我對那姑娘說的那些話，只怕……或許……多半……也給童姥聽去了。那……那……」

只聽童姥又道：「夢郎，你快回答我，你是小和尚麼？」虛竹低聲道：「不是。」他這兩個字說得雖低，童姥和李秋水卻都清清楚楚的聽到了。

童姥哈哈一笑，說道：「夢郎，你不用心焦，不久你便可和你那夢姑相見。她爲你相思欲狂，這幾天茶飯不思，坐立不安，就是在想你、念你。你老實跟我說，你想她不想？」虛竹對那少女一片情痴，這幾天雖在用心學練生死符的發射和破解之法，但一直想得她神魂顛倒，突然聽童姥問起，不禁脫口而出：「想的！」

李秋水喃喃道：「夢郎，夢郎，原來你果然是個多情少年！你上來，讓我瞧瞧中原武林第一風流浪子是何等樣人物！」

李秋水雖比童姥和無崖子年輕，終究也是個八十多歲的老太婆了，但這句話柔膩宛轉，虛竹聽在耳裏，不由得怦然心動，似乎霎時之間，自己竟眞的變成了「中原武林第一風流浪子」，但隨即啞然：「我是個醜和尙，怎說得上是甚麼風流浪子，豈不笑死了人麼？」跟著想起：「童姥大敵當前，何以尙有閒情拿我來作弄取笑？其中必有深意。啊，是了，當日無崖子前輩要我繼承逍遙派掌門人之時，一再嫌我相貌難看，後來蘇星河前輩又道，要剋制丁春秋，必須覓到一個悟性奇高而英俊瀟洒的美少年，說我已得了無崖子前輩的內力神功，但武功不成，必須去找一個人指點武藝，這人只喜歡美貌少年，莫非便是李秋水麼？」

正凝思間，火光微閃，第一層冰窖中傳出一星光亮，接著便呼呼之聲大作。虛竹搶上石階，向上望去，只見一團白影和一團灰影正在急劇旋轉，兩團影子倏分倏合，發出密如聯珠般的啪啪之聲，顯是童姥和李秋水酣鬥正劇。冰上燒著一個火摺，微有光芒。虛竹見二人身手之快，當眞匪夷所思，那裏分得出誰是童姥，誰是李秋水？

火摺燃燒極快，片刻間便燒盡了，一下輕輕的嗤聲過去，冰窖中又是一團漆黑，但聞掌風呼呼。虛竹心下焦急：「童姥斷了一腿，久鬥必定不利，我如何助她一臂之力才好？不過童姥心狠手辣，佔了上風，一定會殺了她師妹，這可又不好了。何況這兩人武功這般高，我又怎插得手下去？」

只聽得啪的一聲大響，童姥「啊」的一聲長叫，似乎受了傷。李秋水哈哈一笑，說道：「師姊，小妹這一招如何？請你指點。」突然厲聲喝道：「往那裏逃！」

虛竹驀覺一陣涼風掠過，聽得童姥在他身邊說道：「第二種法門，出掌！」虛竹不明所以，正想開口詢問：「甚麼？」只覺寒風撲面，一股厲害之極的掌力擊了過來，當下無暇思索，便以童姥所授破解生死符的第二種手法拍了出去，黑暗中掌力相撞，虛竹身子劇震，胸口氣血翻湧，甚是難當，隨手以第七種手法化開。

李秋水「咦」的一聲，喝道：「你是誰？何以會使天山六陽掌？是誰教你的？」虛竹奇道：「甚麼天山六陽掌？」李秋水道：「你還不認麼？這第二招『陽春白雪』和第七招『陽關三疊』，乃本門不傳之祕，你從何處學來？」虛竹又道：「陽春白雪？陽關三疊？」心中茫然一片，似懂非懂，隱隱約約間已猜到是上了童姥的當。

童姥站在他身後，冷笑道：「這位夢郎，既負中原武林第一風流浪子之名，自然琴棋書畫，醫卜星相，鬥酒唱曲，行令猜謎，種種少年子弟的勾當，無所不會，無所不精。因此才投合無崖子師弟的心意，收了他為關門弟子，要他去誅滅你的情郎丁春秋，清理門戶。」李秋水朗聲問道：「夢郎，此言是眞是假？」

虛竹聽她兩人都稱自己爲「夢郎」，又不禁面紅耳赤，童姥這番話前半段是假，後半段是眞，既不能以「眞」字相答，卻又不能說一個「假」字。那幾種手法，明明是童姥教了他來消解生死符的，豈知李秋水竟稱之爲「天山六陽掌」？童姥要自己學「天山六陽掌」來對付她師妹，自己堅決不學，難道這幾門手法，便是「天山六陽掌」麼？

李秋水厲聲道：「姑姑問你，如何不理？」說著伸手往他肩頭抓來。虛竹和童姥拆解招數甚熟，而且盡是黑暗中拆招，聽風辨形，隨機應變，一覺到李秋水的手指將要碰上自己肩頭，當即沉肩斜身，反手往她手背按去。李秋水立即縮手，讚道：「好！這招『陽歌天鈞』內力既厚，使得也熟。無崖子師哥將一身功夫都傳了給你，是不是？」虛竹道：「他……他把功力都傳給了我。」

他說無崖子將「功力」都傳給了他，而不是說「功夫」，這「功力」與「功夫」，雖只一字之差，含義卻大大不同。但李秋水心情激動之際，自不會去分辨這中間的差別，又問：「我師兄既收你爲弟子，你何以不叫我師叔？」

虛竹勸道：「師伯、師叔，你們兩位既是一家人，又何必深仇不解，苦苦相爭？過去的事，大家揭過去就算了。」

李秋水道：「夢郎，你年紀輕，不知道這老賊婆用心的險惡，你站在一邊……」

她話未說完，突然「啊」的一聲呼叫，卻是童姥在虛竹身後突施暗襲，向她偷擊一掌。這一掌無聲無息，純是陰柔之力，兩人相距又近，李秋水待得發覺，待欲招架，童姥的掌力已襲到胸前，忙飄身退後，終於慢了一步，只覺氣息閉塞，經脈已然受傷。童姥笑道：「師妹，姊姊這一招如何？請你指點。」李秋水急運內力調息，不敢還嘴。

童姥偷襲成功，得理不讓人，單腿跳躍，縱身撲上，掌聲呼呼的擊去。虛竹叫道：「前輩，休下毒手！」便以童姥所傳的手法，擋住她擊向李秋水的三掌。童姥大怒，罵道：「小賊，你用甚麼功夫對付我？」原來虛竹堅拒學練「天山六陽掌」，童姥知來日大難，爲了在緩急之際多一個得力助手，便在教他破解生死符時，將這六陽掌傳授於他，並和他拆解多時，將其中的精微變化、巧妙法門，一一傾囊相授。那料得到此刻自己大佔上風，虛竹竟會反過來去幫李秋水？虛竹道：「前輩，我勸你顧念同門之誼，手下留情。」童姥怒罵：「滾開！快快讓開！」

李秋水得虛竹援手，避過了童姥的急攻，內息已然調勻，說道：「夢郎，我已不礙事，你讓開罷。」左掌拍出，右掌一帶，左掌之力繞過虛竹身畔，向童姥攻去。童姥心下暗驚：「這賤人竟然練成了『白虹掌力』，曲直如意，當眞了得。」還掌相迎。

虛竹處身其間，知道自己功夫有限，實不足以拆勸，只得長嘆一聲，退了開去。

但聽得二人搏鬥良久，勁風撲面，鋒利如刀，虛竹抵擋不住，正要退到第一二層冰窖之間的石階上，猛聽得噗的一聲響，童姥一聲痛哼，給李秋水推得撞向堅冰。虛竹叫道：「罷手，罷手！」搶上去連出兩招「六陽掌」，化開了李秋水的攻擊。童姥順勢後躍，驀地裏一聲慘呼，從石階上滾落，直滾到二三層之間的石階方停。

虛竹驚道：「前輩，前輩，你怎麼了？」急步搶下，摸索著扶起童姥上身。只覺她雙手冰冷，一探她鼻息，竟已沒了呼吸。虛竹又驚惶，又傷心，緊緊抱住童姥，叫道：「師叔，你……你……你把師伯打死了，你好狠心！」忍不住哭了出來。

李秋水道：「這人奸詐得緊，這一掌未必打得死她！」虛竹哭道：「還說沒有死？她氣也沒有了，前輩……師伯，我勸你別記恨記仇……」李秋水又從懷中掏出一個火摺，一晃而燃，只見石階上洒滿了一攤攤鮮血，童姥嘴邊胸前也都是血。

修練那「天長地久不老長春功」每日須飲鮮血，但若逆氣斷脈，反嘔鮮血，只須嘔出小半酒杯，立時便氣絕身亡，此刻石階上一攤攤鮮血不下數大碗。李秋水知道自己痛恨了數十年的這個師姊終於死了，自不勝歡喜，卻又不禁感到寂寞愴涼。

過了好一刻，她才手持火摺，慢慢走下石階，幽幽的道：「師姊，你當眞死了麼？我可還不大放心。」走到距童姥五尺之處，火摺上發出微弱光芒，一閃一閃，映在童姥臉上，但見她滿臉皺紋，嘴角附近的皺紋中都嵌滿了鮮血，神情可怖。

李秋水知童姥久練「不老長春功」，功力深厚，能駐顏不老，只有這功夫散失，臉上才現老態皺紋。她兀自不放心，輕聲道：「師姊，我一生在你手下吃的苦頭太多，你別裝假死來騙我上當。」左手一揮，發掌向童姥胸口拍去，喀喇喇幾聲響，童姥的屍身斷了幾根肋骨。

虛竹大怒，叫道：「她已命喪你手，何以再戕害她遺體？」見李秋水第二掌又已拍來，當即揮掌擋住。李秋水斜眼相睨，但見這個「中原武林第一風流浪子」眼大鼻大，耳大口大，廣額濃眉，相貌粗野，又怎有半分英俊瀟洒？一怔之下，認出便是在雪峯上負了童姥逃走的那小和尚，右手探出，便往虛竹肩頭抓來。虛竹斜身避開，說道：「我不跟你鬥，只勸你別動你師姊的遺體。」

李秋水連出四招，虛竹已將天山六陽掌練得甚熟，竟然一一格開，擋架之中，還隱隱蓄有渾厚的反擊之力。李秋水忽道：「咦！你背後是誰？」虛竹絕少臨敵經驗，一驚回頭，忽覺胸口劇痛，已給李秋水點中了穴道，跟著雙肩雙腿的穴道也都給她點中，登時全身痲軟，倒在童姥身旁，驚怒交集，叫道：「你是長輩，卻使詐騙人。」李秋水格格一笑，道：「兵不厭詐，今日教訓教訓你這小子。」跟著又指著他不住嬌笑，說道：「你……你……你這醜八怪小和尚，居然自稱甚麼『中原第一風流浪子』……」

突然之間，啪的一聲響，李秋水長聲慘呼，後心「至陽穴」上中了一掌重手，正是童姥所擊。童姥跟著左拳猛擊而出，正中李秋水胸口「膻中」要穴。這一掌一拳，貼身施爲，李秋水別說出手抵擋、斜身閃避，倉卒中連運氣護穴也已不及，身子給一拳震飛，摔上石階，手中火摺脫手向上飛出。

童姥運氣蓄勢已久，這一拳勢道凌厲異常，火摺從第三層冰窖穿過第二層，直飛上第一層，這才跌落。霎時之間，第三層冰窖中又是一團漆黑，但聽得童姥嘿嘿嘿冷笑不止。虛竹又驚又喜，叫道：「前輩，你沒死麼？好……好極了！」

原來童姥功虧一簣，終於沒能練成神功，而在雪峯頂上又給李秋水斷了一腿，重傷後功力大損，此番生死相搏，鬥到二百招後，便知今日有敗無勝，待中了李秋水一掌之後，劣勢更顯，偏偏虛竹兩不相助，雖阻住了李秋水乘勝追擊，卻也令自己的詭計無法得售；情知再鬥下去，勢將敗得慘酷不堪，一咬牙根，硬生生受了一掌，假裝氣絕而死。至於石階上和她胸口嘴邊的鮮血，那是她預先備下的鹿血，原是要誘敵人上當之用。不料李秋水甚是機警，明明見她已然斷氣，仍在她胸口再拍一掌。童姥一不做，二不休，只得又硬生生的受了下來，若不是虛竹在旁阻攔，李秋水定會接連出掌，將她「屍身」打得稀爛，那是半點法子也沒有了。幸得虛竹仁心相阻，而李秋水見到這「中原第一風流浪子」的眞面目後，既感失望，又覺好笑，疏了提防，她雖知童姥狡狠，卻萬萬想不到她竟能這般堅忍。

李秋水前心後背均受重傷，內力突然失卻控制，便如洪水氾濫，立時要潰堤而出。逍遙派武功本是天下第一等功夫，但若內力失制，在周身百骸遊走衝突，宣洩不出，這散功時的痛苦實非言語所能形容。頃刻之間，只覺全身各處穴道中同時麻癢，驚惶之餘，已知此傷絕不可治，叫道：「夢郎，你行行好，快在我百會穴上出力拍擊一掌！」

這時上面忽然隱隱有微光照射下來，只見李秋水全身顫抖，一伸手，抓去了臉上蒙著的白紗，手指力抓自己面頰，登時血痕斑斑，叫道：「夢郎，你……你快一拳打死了我。」童姥冷笑道：「你點了他穴道，卻又要他助你，嘿嘿，自作自受，眼前報，還得快！」李秋水支撐著想要站起，去解開虛竹的穴道，但全身酸軟，便要動一根小指頭兒也是不能。

虛竹瞧瞧李秋水，又瞧瞧童姥，見她受傷顯然也極沉重，伏在石階上呻吟出聲。虛竹但覺越瞧越清楚，似乎冰窖中漸漸亮了起來，側頭往光亮射來處望去，見第一層冰窖中竟有一團火光，脫口叫道：「啊喲！有人來了！」

童姥一驚，心想：「有人到來，我終究栽在這賤人手下了。」勉強提一口氣，想要站起，卻無論如何站不起身，腿上一軟，咕咚一聲摔倒。她雙手使勁，向李秋水慢慢爬過去，要在她救兵到達之前，先將她扼死。

突然之間，只聽得極細微的滴答滴答之聲，似有水滴從石階落下。李秋水和虛竹也聽到了水聲，同時轉頭瞧去，果見石階上有水滴落下。三人均感奇怪：「這水從何而來？」冰窖中越來越亮，水聲淙淙，水滴竟變成一道道水流，流下石階。第一層冰窖中有一團火燄燒得甚旺，卻沒人進來。李秋水登時省悟，忍不住道：「燒著了……麻袋中的……棉花。」原來冰庫進門處堆滿麻袋，袋中裝的都是棉花，使熱氣不能入侵，以保冰塊不融。不料李秋水給童姥一拳震倒，火摺脫手飛出，落在麻袋上，燒著了棉花，冰塊融化，化爲水流，潺潺而下。

火頭越燒越旺，流下來的冰水漸多，淙淙有聲。過不多時，第三層冰窖中已積水尺餘。石階上的冰水仍不斷流下，冰窖中積水漸高，慢慢浸到了三人腰間。

李秋水嘆道：「師姊，你我兩敗俱傷，誰也不能活了，你……你解開夢郎的穴道，讓他出……出去罷。」三人都十分明白，過不多時，冰窖中積水上漲，大家都非淹死不可。

童姥冷笑道：「我自己行事，何必要你多說？我本想解他穴道，但你這麼一說，想做好人，我可偏偏不解了。小和尚，你是死在她這句話之下的，知不知道？」轉過身來，慢慢往石階上爬去。只須爬高幾級，便能親眼見到李秋水在水中淹死。雖然自己仍不免一死，但只要親眼見到李秋水斃命，大仇便算報了。

李秋水眼見她一級級的爬上，而寒氣徹骨的冰水也已漲到了自己胸口，她體內眞氣激盪，痛苦無比，反盼望冰水愈早漲到口邊愈好，溺死於水，比之猶如千蟲咬嚙、萬針鑽刺的散功舒服百倍了。

忽聽得童姥「啊」的一聲，一個觔斗倒翻下來，撲通一響，水花四濺，摔跌在積水之中。原來她重傷之下，手足無力，爬了七八級石階，一塊拳頭大的碎冰順水而下，恰好重重碰上她右膝蓋，童姥穩不住身子，仰後便跌。她這一下摔跌，正好碰在虛竹身上，彈向李秋水右側。積水之中，三人竟擠成了一團。

童姥身材遠比虛竹及李秋水矮小，其時冰水剛浸到李秋水胸口，卻已到了童姥頸中。童姥也正在苦受散功的煎熬，心想：「無論如何，要這賤人比我先死。」要想出手傷她，但兩人之間隔了個虛竹，此刻便要將手臂移動一寸兩寸也萬萬不能，眼見虛竹的肩頭和李秋水肩頭相靠，心念一動，便道：「小和尚，你千萬不可運力抵禦，否則自尋死路。」不待他回答，催動內力，便向虛竹攻去。童姥明知此舉是加速自己死亡，內力多一分消耗，便早一刻斃命，但若非如此，積水上漲，三人中必定是她先死。

李秋水身子劇震，察覺童姥以內力相攻，立運內力回攻。

虛竹處身兩人之間，先覺挨著童姥身子的臂膀上有股熱氣傳來，跟著靠在李秋水肩頭的肩膀上也有一股熱氣入侵，霎時之間，兩股熱氣在他體內激盪衝突，猛烈相撞。童姥和李秋水功力相若，各受重傷之後，仍然半斤八兩，難分高下。兩人內力相觸，便即僵持，都停在虛竹身上，誰也不能攻及敵人。這麼一來，可就苦了虛竹。幸好他曾蒙無崖子以七十餘年的功力相授，三個同門的內力以無崖子爲最高，他雖受左右夾攻之厄，倒也沒在夾擊下送了性命。

童姥只覺冰水漸升漸高，自頭頸到了下頦，又自下頦到了下唇。她不絕催發內力，要儘快擊斃情敵，偏偏李秋水的內力源源而至，顯然不致立時便即耗竭。但聽得水聲淙淙，童姥口中一涼，一縷冰水鑽入了嘴裏。她一驚之下，身子自然而然的向上一抬，沒法坐穩，竟在水中浮了起來。她少了一腿，遠比常人容易浮起。這一來死裏逃生，她索性仰臥水面，將後腦浸入積水，只露出口鼻呼吸，登時心中大定，尋思水漲人高，我這斷腿人在水中反佔便宜，手上內力仍不住送出。

虛竹大聲呻吟，叫道：「唉，師伯、師叔，你們再鬥下去，終究難分高下，小姪可就活生生的給你們害死了。」但童姥和李秋水這一鬥上了手，成爲高手比武中最凶險的比拚內力局面，誰先罷手，誰先喪命。何況兩人均知這場比拚不論勝敗，終究性命不保，所爭者不過是誰先一步斷氣而已。兩人都心高氣傲，怨毒積累了數十年，那一個肯先罷手？再者內力離體他去，精力雖越來越衰，這散功之苦卻也因此而得消解。

又過一頓飯時分，冰水漲到了李秋水口邊，她不識水性，不敢學童姥這麼浮在水面，當即停閉呼吸，以「龜息功」與敵人相拚，任由冰水漲過了眼睛、眉毛、額頭，渾厚的內力仍不絕發出。

虛竹骨都、骨都、骨都的連喝了三口冰水，大叫：「啊喲，我……我不……骨都……骨都……我……骨都……」正驚惶間，突然眼前一黑，甚麼都看不見了。他急忙閉嘴，以鼻呼吸，吸氣時只覺胸口氣悶無比。原來這冰庫密不通風，棉花燒了半天，外面沒新氣進來，燃燒不暢，火頭自熄。虛竹和童姥呼吸艱難，反是李秋水正在運使「龜息功」，並無知覺。

火頭雖熄，冰水仍不斷流下。虛竹但覺冰水淹過了嘴唇，淹過了人中，漸漸浸及鼻孔，只想：「我要死了，我要死了！」而童姥與李秋水的內力仍分從左右不停攻到。

虛竹只覺窒悶異常，內息奔騰，似乎五臟六腑都易了位，冰水離鼻孔也已只一線，再上漲得幾分，便沒法吸氣了，苦在穴道受封，頭頸要抬上一抬也是不能。但說也奇怪，過了良久，冰水竟不再上漲，一時也想不到棉花之火既熄，冰塊便不再融。又過一會，只覺人中有些刺痛，跟著刺痛漸漸傳到下頦，再到頭頸。原來三層冰窖中堆滿冰塊，極是寒冷，冰水流下之後，又慢慢凝結成冰，竟將三人都凍結在冰中了。

堅冰凝結，童姥和李秋水的內力就此隔絕，不再傳到虛竹身上，但二人大半的眞氣內力，卻也因此而盡數封在虛竹體內，彼此鼓盪衝突，越來越猛烈。虛竹只覺全身皮膚似乎都要爆裂開來，雖在堅冰之內，仍炙熱不堪。

也不知過了多少時候，突然間全身一震，兩股熱氣竟和體內原有的眞氣合而為一，不經引導，自行在各處經脈穴道中迅速奔繞起來。原來童姥和李秋水的眞氣相持不下，又無處宣洩，終於和無崖子傳給他的內力歸併。三人的內力源出一門，性質無異，極易融合，合三爲一之後，力道沛然不可復禦，所到之處，受封的穴道立時衝開。

頃刻之間，虛竹只覺全身舒暢，雙手輕輕一振，喀喇喇一陣響，結在身旁的堅冰立時崩裂，心想：「不知師伯、師叔二人性命如何，須得先將她們救了出去。」伸手去摸時，觸手處冰涼堅硬，二人都已結在冰中。他心中驚惶，不及細想，一手一個，將二人連冰帶人的提起，走上第一層冰窖，推開兩重外門，只覺一陣清新氣息撲面而來，只吸得一口氣，便說不出的受用。門外明月在天，花影鋪地，卻是深夜時分。

他心頭一喜：「黑暗中闖出皇宮，可就容易得多了。」提著兩團冰塊，奔向牆邊，提氣高躍，突然身子冉冉上升，高過牆頭丈餘，升勢兀自不止。虛竹不知體內眞氣竟有如許妙用，只怕越升越高，「啊」的一聲叫了出來。

四名御前護衞正在這一帶宮牆外巡查，聽到人聲，忙奔來察看，但見兩塊大水晶夾著一團灰影越牆而出，實不知是何怪物。四人驚得呆了，只見三個怪物一晃，便沒入了宮牆外的樹林中，四人吆喝著追去，那裏還有蹤影？四人疑神疑鬼，爭執不休，有的說是山精，有的說是花妖。

虛竹一出皇宮，邁開大步急奔，腳下是青石板大路，兩旁密密層層的盡是屋子。他不敢停留，不住足的向西疾衝。奔了一會，到了城牆腳下，他又一提氣上了城頭，翻城而過。城頭上守卒只眼睛一花，甚麼東西也沒看見。

虛竹直奔到離城十餘里的荒郊，四下更無房屋，才停了腳步，將兩團冰塊放下，心道：「須得儘早除去她二人身外的冰塊。」尋到一處小溪，將兩團冰塊浸入溪水。月光下見童姥的口鼻露在冰塊之外，只雙目緊閉，不知她是死是活。眼見兩團冰塊上的碎冰一片片隨水流開，虛竹又抓又剝，將二人身外堅冰除去，然後將二人從溪水中提出，摸一摸各人額頭，居然各有微溫，心中甚喜，將二人相互隔得遠遠的放開，生怕她們醒轉後又再廝拚。

忙了半日，天色漸明，當即坐下休息。待得東方朝陽升起，樹頂雀鳥喧噪，只聽得北邊樹下的童姥「咦」的一聲，南邊樹下李秋水「啊」的一聲，兩人竟同時醒轉。

虛竹大喜，一躍而起，站在兩人中間，連連合什行禮，說道：「師伯、師叔，咱們三人死裏逃生，這一場架，可再也不能打了！」童姥道：「不行，賤人不死，豈能罷手？」李秋水道：「仇深似海，不死不休！」

虛竹雙手亂搖，說道：「千萬不可，萬萬不可！」

李秋水伸手在地下一撐，便欲縱身向童姥撲去。童姥雙手迴圈，凝力待擊。那知李秋水剛伸腰站起，便即軟倒。童姥的雙臂說甚麼也圈不成圓圈，倚在樹上不住喘氣。

虛竹見二人無力續鬥，心下大喜，說道：「這樣才好，兩位且歇一歇，我去找些東西來給兩位吃。」只見童姥和李秋水各自盤膝而坐，手心腳心均翻而向天，姿式一模一樣，知道兩個同門師姊妹正全力運功，只要誰先能凝聚一些力氣，先發一擊，對手絕無抗拒餘地。見此情狀，虛竹卻又不敢離開了。他瞧瞧童姥，又瞧瞧李秋水，見二人都皺紋滿臉，形容枯槁，心道：「師伯今年已九十六歲，師叔少說也有八十多歲了。二人都是這麼一大把年紀，竟然還這等看不開，火氣都這麼大。」

他擠衣擰水，突然啪的一聲，一物掉在地下，卻是無崖子給他的那幅圖畫。這軸畫乃是絹畫，浸濕後並未破損。虛竹將畫攤在岩石上，就日而晒。見畫上丹青已給水浸得頗有些模糊，微覺可惜。

李秋水聽到聲音，微微睜目，見到了那幅畫，尖聲叫道：「拿來給我看！畫中人是我罷？妙得很，我才不信師哥會畫這賤婢的肖像。」

童姥也叫道：「別給她看！我要親手炮製她。倘若氣死了這賤人，豈不便宜了她？」

李秋水哈哈一笑，道：「我已看到了，師哥畫的是我。你怕我看畫，可知畫中人並不是你。師哥丹青妙筆，豈能圖傳你這人不像人、鬼不像鬼的侏儒？他又不是畫鍾馗來捉鬼，畫你幹甚麼？」

當年童姥雖身材矮小，但容貌甚美，師弟無崖子跟她兩情相悅。她練了「天長地久不老長春功」，又能駐顏不老，長保姿容，在二十六歲那年，她已可逆運神功，改正身材矮小的弊病。其時師妹李秋水方當十八歲，心中愛上了師兄無崖子，妒忌童姥，在她練功正當緊要關頭之時，在她腦後一聲大叫，嚇得她內息走火，眞氣走入岔道，從此再難復原，永不長大，兩女由此成爲死敵。這時聽她又提起自己的生平恨事，不由得怒氣塡膺，叫道：「賊賤人，我……我……我……」哇的一聲，嘔出一口鮮血，險些暈去。

李秋水冷笑相嘲：「你認輸了罷？當眞出手相鬥……」突然間連聲咳嗽。

虛竹見二人神疲力竭，轉眼都要虛脫，勸道：「師伯、師叔，你們兩位還是好好休息一會兒，別再勞神了。」童姥怒道：「不成！」

便在這時，西南方忽然傳來叮噹、叮噹幾下淸脆的駝鈴。童姥一聽，登時臉現喜色，精神大振，從懷中摸出一個黑色短管，說道：「你將這管子彈上天去。」李秋水的咳嗽聲卻越來越急。虛竹不明原由，當即將那黑色小管扣在中指之上，向上彈出，只聽得一陣尖銳的哨聲從管中發出。這時虛竹的指力強勁非凡，那小管筆直射上天去，沒入雲霄，幾乎目不能見，仍嗚嗚嗚的響個不停。

虛竹一驚，暗道：「不好，師伯這小管是信號。她是叫人來對付李師叔。」忙奔到李秋水面前，俯身低聲說道：「師叔，師伯有幫手來啦，我背了你逃走。」

只見李秋水閉目垂頭，咳嗽也已停止，身子一動也不動了。虛竹大驚，伸手去探她鼻息，已沒了呼吸。虛竹驚叫：「師叔，師叔！」輕輕推了推她肩頭，想推她醒轉，不料李秋水應手而倒，斜臥於地，竟已死了。

童姥哈哈大笑，說道：「好，好，好！小賤人嚇死了，哈哈，我大仇報了，賊賤人終於先我而死，哈哈，哈哈……」她激動之下，氣息難繼，一大口鮮血噴了出來。

但聽得嗚嗚聲自高而低，黑色小管從半空掉下，虛竹伸手接住，正要去瞧童姥時，只聽得蹄聲急促，夾著叮噹、叮噹的鈴聲，虛竹回頭望去，但見數十匹駱駝急馳而至。駱駝背上乘者都披了淡青色斗篷，遠遠奔來，宛如一片青雲，聽得幾個女子聲音叫道：「尊主，屬下追隨來遲，罪該萬死！」

數十騎駱駝奔馳近前，虛竹見乘者全是女子，斗篷胸口都繡著一頭黑鷲，神態猙獰。衆女望見童姥，便即躍下駱駝，快步奔近，在童姥面前拜伏在地。虛竹見這羣女子當先一人是個老婦，已有五六十歲年紀，其餘的或長或少，四十餘歲以至十七八歲的都有，人人對童姥極是敬畏，俯伏在地，不敢仰視。

童姥哼了一聲，怒道：「你們都當我死了，是不是？誰也沒把我這老太婆放在心上了。沒人再來管束你們，大夥兒逍遙自在，無法無天了。」她說一句，那老婦便在地下重重磕一個頭，說道：「不敢。」童姥道：「甚麼不敢？你們要是當眞還想到姥姥，爲甚麼只來了……來了這一點兒人手？」那老婦道：「啓稟尊主，自從那晚尊主離宮，屬下個個焦急得了不得……」童姥怒道：「放屁，放屁！」那老婦道：「是，是！」童姥更加惱怒，喝道：「你明知是放屁，怎地膽敢……膽敢在我面前放屁？」那老婦不敢作聲，只管磕頭。

童姥道：「你們焦急，那便如何？怎地不趕快下山尋我？」那老婦道：「是！屬下九天九部當時立即下山，分路前來伺候尊主。屬下昊天部向東方恭迎尊主，陽天部向東南方、赤天部向南方、朱天部向西南方、成天部向西方、幽天部向西北方、玄天部向北方、鸞天部向東北方，鈞天部把守本宮。屬下無能，追隨來遲，該死，該死！」說著連連磕頭。

童姥道：「你們個個衣衫破爛，這三個多月之中，路上想來也吃了點兒苦頭。」那老婦聽得她話中微有獎飾之意，登時臉現喜色，道：「若得爲尊主盡力，赴湯蹈火，也所甘願。些少微勞，原是屬下該盡的本份。」童姥道：「我練功未成，忽然遇上了賊賤人，給她削去了一條腿，險些兒性命不保，幸得我這個師姪虛竹相救，這中間的艱危，實是一言難盡。」

一衆青衫女子一齊轉過身來，向虛竹叩謝，說道：「先生大恩大德，小女子雖然粉身碎骨，亦難報於萬一。」突然間許多女人同時向他磕頭，虛竹不由得手足無措，連說：「不敢當，不敢當！」忙也跪下還禮。童姥喝道：「虛竹站起！她們都是我的奴婢，你怎可自失身分？」虛竹又說了幾句「不敢當」，這才站起。

童姥向虛竹道：「咱們那隻寶石指環，給這賊賤人搶了去，你去拿回來。」虛竹道：「是。」走到李秋水身前，從她中指上除下了寶石指環。這指環本來是無崖子給他的，從李秋水手指上除下，心中倒也並無不安。

童姥道：「你是逍遙派的掌門人，我又已將生死符、天山折梅手、天山六陽掌等一干功夫傳你，從今日起，你便是縹緲峯靈鷲宮的主人，靈鷲宮……靈鷲宮九天九部的奴婢，生死一任你意。」虛竹大驚，忙道：「師伯，師伯，這個萬萬不可。」童姥怒道：「甚麼萬萬不可？這九天九部的奴婢辦事不力，沒能及早迎駕，累得我屈身布袋，竟受烏老大這等狗賊的虐待侮辱，最後仍不免斷腿喪命……」

那些女子都嚇得全身發抖，磕頭求道：「奴婢該死，尊主開恩！」童姥向虛竹道：「這昊天部諸婢，總算找到了我，她們的刑罰可以輕些，其餘八部的一眾奴婢，斷手斷腿，由你去處置罷。」那些女子磕頭道：「多謝尊主。」童姥喝道：「怎地不向新主人叩謝？」眾女忙又向虛竹叩謝。虛竹雙手亂搖，道：「罷了，罷了！我怎能做你們的主人？」

童姥道：「我雖命在頃刻，但親眼見到賊賤人先我而死，生平武學，又得了個傳人，可說死也瞑目，你竟不肯答允麼？」虛竹道：「這個……我是不成的。」童姥哈哈一笑，道：「那個夢中姑娘，你想不想見？你答不答允我做靈鷲宮的主人？」虛竹聽她提到「夢中姑娘」，全身一震，再也沒法拒卻，只得紅著臉點了點頭。童姥喜道：「很好！你將那幅圖畫拿來，讓我親手撕個稀爛。我再沒掛心之事，便可指點你去尋那夢中姑娘。」

虛竹將圖畫取了過來。童姥伸手拿過，就著日光看時，不禁「咦」的一聲，臉上現出又驚又喜的神色，再一審視，突然間哈哈大笑，叫道：「不是她，不是她，不是她！哈哈，哈哈，哈哈！」大笑聲中，兩行眼淚從頰上滾滾而落，頭頸一軟，腦袋垂下，就此無聲無息。

虛竹大驚，伸手去扶時，只覺她全身骨骼如綿，縮成一團，竟已死了。

一衆青衫女子圍將上來，哭聲大振，甚是哀切。這些女子每一個都是在艱難困厄之極的境遇中由童姥出手救出，是以童姥御下雖嚴，卻人人感激她的恩德。

虛竹想起三個月來和童姥寸步不離，蒙她傳授了不少武功，她雖脾氣乖戾，對自己可說甚好，此刻見她一笑身亡，心中難過，也伏地哭了起來。

忽聽得背後一個陰惻惻的聲音道：「嘿嘿，師姊，終究是你先死一步，到底是你勝了，還是我勝了？」虛竹聽得是李秋水的聲音，大吃一驚，心想：「怎地死人又復活了？」急忙躍起，轉過身來，只見李秋水已然坐直，背靠樹上，說道：「賢姪，你把那幅畫拿過來給我瞧瞧，爲甚麼師姊又哭又笑、啼笑皆非的西去？」

虛竹輕輕扳開童姥手指，拿了那幅畫出來，一瞥之下，見那畫水浸之後又再晒乾，筆劃略有模糊，但畫中那似極了王語嫣的宮裝美女，仍凝眸微笑，秀美難言，心中一動：「這個美女，眉目之間與師叔倒也頗爲相似。」走向李秋水，將那畫交了給她。

李秋水接過畫來，向衆女橫了一眼，淡淡一笑，道：「你們主人和我苦拚惡鬥，終於不敵，你們這些螢燭之光，也敢和日月相爭麼？」

虛竹回過頭來，只見衆女手按劍柄，神色悲憤，顯是要一擁而上，殺李秋水爲童姥報仇，只因未得新主人的號令，不敢貿然動手。

虛竹說道：「師叔，你，你……」李秋水道：「你師伯武功是很好的，就是有時候不大精細。她救兵一到，我那裏還有抵禦的餘地，自然只好詐死。嘿嘿，終於是她先我而死。她全身骨碎筋斷，吐氣散功，這樣的死法是假裝不來的。」虛竹道：「在那冰窖中惡鬥之時，師伯也曾假死，騙過了師叔一次，大家扯直，可說不分高下。」

李秋水嘆道：「在你心中，總是偏向你師伯一些。」一面展開畫幅，只看得片刻，臉上神色立即大變，雙手不住發抖，連得那畫也簌簌顫動，李秋水低聲道：「是她，是她，是她！哈哈，哈哈，哈哈！」笑聲中充滿了愁苦傷痛。

虛竹不自禁的爲她難過，問道：「師叔，怎麼了？」心下尋思：「一個說『不是她』，一個說『是她』，卻不知到底是誰？」

李秋水向畫中的美女凝神半晌，道：「你看，這人嘴角邊有個酒窩，鼻子下有粒小黑痣，是不是？」虛竹看了看畫中美女，點頭道：「是！」李秋水黯然道：「她是我的小妹子！」虛竹更是奇怪，道：「是你的小妹子？」李秋水道：「我小妹容貌和我十分相似，只是她有酒窩，我沒有，她鼻子下有顆小小黑痣，我也沒有。」虛竹「嗯」了一聲。李秋水又道：「師姊本來說道：師哥爲她繪了一幅肖像，朝夕不離，我早就不信，卻……卻……卻料不到竟是小妹。到底……到底……這幅畫是怎麼來的？」

虛竹當下將無崖子如何臨死時將這幅畫交給自己、如何命自己到大理無量山去尋人傳授武藝、童姥見了這幅畫後如何發怒等情，一一說了。

李秋水長長嘆了口氣，說道：「師姊初見此畫，只道畫中人是我，一來相貌甚像，二來師哥一直和我很好，何況……何況我和師姊相爭之時，我小妹子還只十一歲，師姊說甚麼也不會疑心到是她，全沒留心到畫中人的酒窩和黑痣。可是人會長大的，十一歲的小女孩，會成爲十八九歲的大姑娘。師姊直到臨死之時，才發覺畫中人是我小妹子，不是我，所以連說三聲『不是她』。唉，小妹子，你好，你好，你好！」跟著便怔怔的流下淚來。

虛竹心想：「原來師伯和師叔都對我師父一往情深，我師父心目之中卻另有其人。卻不知師叔這個小妹子是不是尚在人間？師父命我持此圖像去尋師叔學藝，原來他心中一直以爲畫的是師叔。」問道：「師叔，你從前住在大理無量山嗎？」

李秋水點了點頭，雙目向著遠處，似乎凝思往昔，悠然神往，緩緩道：「當年我和你師父住在大理無量山劍湖之畔的石洞中，逍遙快活，勝過神仙。我給他生了一個可愛的女兒。我們二人收羅了天下各門各派的武功秘笈，只盼創一門包羅萬有的奇功。那一天，他在山中找到了一塊巨大的美玉，便照著我的模樣彫刻一座人像，彫成之後，他整日價只是望著玉像出神，從此便不大理睬我了。我跟他說話，他往往答非所問，甚至是聽而不聞，整個人的心思都貫注在玉像身上。你師父的手藝巧極，那玉像也彫刻得眞美，可是玉像終究是死的，何況玉像依照我的模樣彫成，而我明明就在他身邊，他爲甚麼不理我，只是痴痴的瞧著玉像，目光中流露出愛戀不勝的神色？那爲甚麼？那爲甚麼？」她自言自語，自己問自己，似乎已忘了虛竹便在身旁。

過了一會，李秋水又輕輕說道：「師哥，你聰明絕頂，卻又痴得絕頂，爲甚麼愛上了你自己手彫的玉像，卻不愛那會說、會笑、會動、會愛你的師妹？你心中把這玉像當成了我小妹子，是不是？我喝這玉像的醋，跟你鬧翻了，出去找了許多俊秀的少年郎君來，在你面前跟他們調情，於是你就此一怒而去，再也不回來了。師哥，其實你不用生氣，那些美少年一個個都給我殺了，沉在湖底，你可知道麼？」

她提起那幅畫像又看了一會，說道：「師哥，這幅畫你在甚麼時候畫的？你只道畫的是我，因此叫你徒弟拿了畫兒到無量山來找我。可是你不知不覺之間，卻畫成了我的小妹子，你自己也不知道罷？你一直以爲畫中人是我。師哥，你心中眞正愛的是我小妹子，你這般痴情的瞧著那玉像，爲甚麼？爲甚麼？現下我終於懂了。」

虛竹心道：「我佛說道，人生於世，難免貪嗔痴三毒。師伯、師父、師叔都是非常了不起的人物，可是糾纏在這三毒之中，儘管武功卓絕，心中的煩惱痛苦，卻也和一般凡夫俗子無異。」

李秋水回過頭來，瞧著虛竹，說道：「賢姪，我跟丁春秋有私情，師哥本來不知，是你師伯向你師父去告了密，事情才穿了。我和丁春秋合力，將你師父打下懸崖，當時我實是迫不得已，你師父要致我死命，殺我洩憤，我若不還手，性命不保。可是我並沒下絕情毒手呀，他雖命在垂危，我還是拉了丁春秋便走，沒要了你師父的命。後來我到了西夏，成爲皇妃，一生榮華富貴。你師伯尋來，在我臉上用刀劃了個井字，但那時候我兒子已登極爲君……

「你師父收你爲徒之時，提到過我沒有？他想到我沒有？他這些年來心裏高興嗎？其實我又不是眞的喜歡丁春秋，半點也沒喜歡他。我趕走了他，你師父知道罷？我在無量洞玉像中遺書要殺盡逍遙派弟子，便是要連丁春秋和他的徒子徒孫全部殺光，你師父知道這件事罷？他如知道，心裏一定挺開心的，知道我一直到死，還是心中只有一個他……」

她說到這裏，搖了搖頭，嘆道：「唉，不用說了，各人自己的事都還管不了……」突然尖聲叫道：「師姊，你我兩個都是可憐蟲，便是你師父，直到臨死，仍不知心中愛的是誰……他還以爲心中愛的是我，那也很好啊！哈哈，哈哈，哈哈！」她大笑三聲，身子一仰，翻倒在地。

虛竹俯身去看時，但見她口鼻流血，氣絕身亡，看來這一次再也不會是假的了。他瞧著兩具屍首，不知如何是好。

昊天部爲首的老婦說道：「尊主，咱們是否要將老尊主遺體運回靈鷲宮隆重安葬？敬請尊主示下。」虛竹道：「該當如此。」指著李秋水的屍身道：「這位……這位是你們尊主的同門師妹，雖然她和尊主生前有仇，但……但死時怨仇已解，我看……我看也……不如一併運去安葬，你們以爲怎樣？」那老婦躬身道：「謹遵吩咐。」虛竹心下甚慰，他本來生怕這些青衣女子仇恨李秋水，不但不願運她屍首去安葬，說不定還會毀屍洩憤，不料竟半分異議也無。他渾不知童姥治下衆女對主人敬畏無比，從不敢有半分違拗，虛竹既是她們新主人，自是言出法隨，一如所命。

那老婦指揮衆女，用毛氈將兩具屍首裹好，放上駱駝，然後恭請虛竹上駝。虛竹謙遜了幾句，心想事已如此，總得親眼見到二人遺體入土，這才回少林寺去待罪。問起那老婦的稱呼，那老婦道：「奴婢夫家姓余，老尊主叫我『小余』，尊主隨便呼喚就是。」童姥九十餘歲，自然可以叫她「小余」，虛竹卻不能如此叫法，說道：「余婆婆，我法號虛竹，大家平輩相稱便是，尊主長、尊主短的，豈不折殺了我麼？」

余婆拜伏在地，流淚道：「尊主開恩！尊主要打要殺，奴婢甘受，求懇尊主別把奴婢趕出靈鷲宮去。」

虛竹驚道：「快請起來，我怎麼會打你、殺你？」忙將她扶起。其餘衆女都跪下求道：「尊主開恩。」虛竹大爲驚詫，忙問原因，才知童姥怒極之時，往往口出反語，對人特別客氣，對方勢必身受慘禍，苦不堪言。烏老大等洞主、島主逢到童姥派人前來責打辱罵，反而設宴相慶，便知再無禍患，即因此故。這時虛竹對余婆謙恭有禮，衆女只道他要重責。虛竹再三溫言安慰，衆女卻仍惴惴不安。

虛竹上了駱駝，衆女說甚麼也不肯乘坐，牽了駱駝，在後步行跟隨。虛竹道：「咱們須得儘快趕回靈鷲宮去，否則天時尚暖，只怕……只怕尊主的遺體途中有變。」衆女這才不敢違拗，但各人只在他坐騎之後遠遠隨行。虛竹要想問問靈鷲宮中情形，竟不得其便。

一行人逕向西行，走了五日，途中遇到了朱天部的哨騎。余婆婆發出訊號，那哨騎回去報信，不久朱天部諸女飛騎到來，一色都是紫衫，先向童姥遺體哭拜，然後參見新主人。朱天部的首領姓石，三十來歲年紀，虛竹便叫她「石嫂」。他生怕衆女起疑，言辭間便不敢客氣，只淡淡的安慰了幾句，說她們途中辛苦。衆女大喜，一齊拜謝。虛竹不敢提甚麼「大家平輩稱呼」之言，只說不喜聽人叫他「尊主」，叫聲「主人」，也就是了。衆女躬身凜遵。

如此連日西行，昊天部、朱天部派出去的聯絡遊騎將赤天、陽天、玄天、幽天、鸞天五部衆女都召了來，只成天部在極西之處搜尋童姥，未得音訊。靈鷲宮中並無一個男子，虛竹處身數百名女子之間，大感尷尬，幸好衆女對他十分恭敬，若非虛竹出口相問，誰也不敢向他多說一句話，倒讓他免了許多爲難。

這一日正趕路間，突然一名綠衣女子飛騎奔回，是陽天部在前探路的哨騎，搖動綠旗，示意前途出現了變故。她奔到本部首領之前，急語稟告。

陽天部的首領是個二十來歲的姑娘，名叫符敏儀，聽罷稟報，立即縱下駱駝，快步走到虛竹身前，說道：「啓稟主人：屬下哨騎探得，本宮舊屬三十六洞、七十二島一衆奴才，乘老尊主有難，居然大膽作反，正在攻打本峯。鈞天部嚴守上峯道路，一衆妖人無法得逞，只鈞天部派下峯來求救的姊妹卻給衆妖人傷了。」

衆洞主、島主起事造反之事，虛竹早就知道，本來猜想他們捉拿不到童姥，不平道人命喪己手，烏老大重傷後生死未卜，既沒了有力之人領頭，大家勢必知難而退，各自散了，不料事隔四月，仍聚集在一起，而且去攻打縹緲峯。他自幼生長於少林寺，從來不出山門，諸般人情世故，半分不通，遇上這件大事，當眞不知如何應付，沉吟道：「這個……這個……」

只聽得馬蹄聲響，又有兩乘馬奔來，前面的是陽天部另一哨騎，後面馬背上橫臥一個黃衫女子，滿身是血，左臂也給人斬斷了。符敏儀神色悲憤，說道：「主人，這是鈞天部的副首領程姊姊，只怕性命難保。」那姓程的女子已暈了過去，衆女忙替她止血施救，眼見她氣息微弱，命在頃刻。

虛竹見了她的傷勢，想起聰辯先生蘇星河曾教過他這門治傷之法，當即催駝近前，左手中指連彈，已封閉了那女子斷臂處的穴道，血流立止。第六次彈指時，使的是童姥所教的一招「星丸跳擲」，一股北冥眞氣射入她臂根「中府穴」中。那女子「啊」的一聲大叫，醒了轉來，叫道：「衆姊妹，快，快，快去縹緲峯接應，咱們……咱們擋不住了！」

虛竹使這淩空彈指之法，倒不是故意炫耀神技，只是對方是個花信年華的女子，他雖已不是和尚，仍謹守佛門子弟遠避婦女的戒律，不敢伸手和她身子相觸，不料數彈之下，應驗如神。他此刻身集童姥、無崖子、李秋水逍遙派三大名家的內力，實已非同小可。

諸部羣女遵從童姥之命，奉虛竹爲新主人，然見他年紀既輕，言行又頗有點兒呆頭呆腦，傻裏傻氣，內心實不如何敬服，何況靈鷲宮中諸女十之八九是吃過男人大虧的，不是爲男人始亂終棄，便是給仇家害得家破人亡，在童姥乖戾陰狠的脾氣薰陶之下，一向視男人有如毒蛇猛獸。此刻見他一出手便是靈鷲宮本門功夫，功力之純，竟似尚在老尊主之上。衆女震驚之餘，齊聲歡呼，不約而同的拜伏在地。虛竹驚道：「這算甚麼？快快請起，請起。」

有人向那姓程女子告知：尊主已然仙去，這位青年既是尊主恩人，又是她的傳人，乃本宮新主。那女子名叫程青霜，掙扎著下馬，對虛竹跪拜參見，說道：「謝尊主救命之恩，請……請……尊主相救峯上衆姊妹，大夥兒支撐了幾十天，寡不敵衆，實在已是危……危殆萬分。」說了幾句話，伏在地下，連頭也抬不起來。

虛竹急道：「石嫂，你快扶她起來。余婆婆，你……你想咱們怎麼辦？」

余婆和這位新主人同行了十來日，早知他忠厚老實，不通世務，便道：「啓稟主人，此刻去縹緲峯，尚有兩日行程，最好請主人命奴婢率領本部，立即趕去應援救急。主人隨後率衆而來。主人大駕一到，衆妖人自然瓦解冰消，不足爲患。」

虛竹點了點頭，但似覺有點不妥，一時未置可否。

余婆轉頭向符敏儀道：「符妹子，主人初顯身手，鎭懾羣妖，身上法衣似乎未足以壯觀瞻。你是本宮針神，便給主人趕製一襲法衣罷！」符敏儀道：「正是！妹子也正這麼想。」虛竹一怔，心想在這緊急當口，怎麼做起衣衫來了？當眞是婦人之見。但這些人確都是婦人，所見自均是「婦人之見」。

衆女眼光都望著虛竹，等他下令。虛竹一低頭，見到身上那件僧袍破爛骯髒，四個月不洗，自己也覺奇臭難當。他幼受師父教導，須時時念著五蘊皆空，不可貪愛衣食，因此對此事全未著心在意，此刻經余婆一提，又見到屬下衆女衣飾華麗，不由得甚感慚愧，何況自己已經不是和尙，仍然穿著僧衣，大是不倫不類。其實衆女既已奉他爲主，那裏還會笑他衣衫的美醜？各人羣相注目，所看的也只是他的神氣眼色、喜怒意欲，但虛竹自慚形穢，神色忸怩。

余婆等了一會，又問：「主人，奴婢這就先行如何？」

虛竹道：「咱們一塊兒去罷，救人要緊。我這件衣服實在太髒，待會我……我去洗洗，莫要讓你們聞著太臭……」一催駱駝，當先奔了出去。衆女敵愾同仇，催動坐騎，跟著急馳。駱駝最有長力，快跑之時，疾逾奔馬，衆人直奔出數十里，這才覓地休息，生火做飯。

余婆指著西北角上雲霧中的一個山峯，向虛竹道：「主人，這便是縹緲峯了。這山峯終年雲封霧鎖，遠遠望去，若有若無，因此叫作縹緲峯。」虛竹道：「看來還遠得很，咱們早到一刻好一刻，大夥兒乘夜趕路罷。」衆女都應道：「是！多謝主人關懷鈞天部奴婢。」用過飯後，騎上駱駝又行，到得縹緲峯腳下時，已是第二日黎明。

符敏儀雙手捧著一團五彩斑斕的物事，走到虛竹面前，躬身說道：「奴婢工夫粗陋，請主人賞穿。」虛竹奇道：「那是甚麼？」接過抖開一看，卻是件長袍，乃是以一條條錦緞縫綴而成，紅黃青紫綠黑各色錦緞條紋相間，華貴之中具見雅致。原來符敏儀在衆女的斗篷上割下布料，爲虛竹縫了一件袍子。

虛竹又驚又喜，說道：「符姑娘當眞不愧稱爲『針神』，在駱駝急馳之際，居然做成了這樣一件美服。」當即除下僧衣，將長袍披在身上，長短寬窄，無不貼身，袖口衣領之處，更鑲以灰色貂皮，那也是從衆女皮裘上割下來的。虛竹相貌雖醜，這件華貴的袍子一上身，登時大顯精神，衆女盡皆喝采。虛竹神色忸怩，手足無措。

這時衆人已來到上峯的路口。程青霜在途中已向衆女說知，她下峯之時，敵人已攻上了斷魂崖，縹緲峯的十八天險已失十一，鈞天部羣女死傷過半，情勢萬分凶險。虛竹見峯下靜悄悄地沒半個人影，一片皚皚積雪之間，萌茁青青小草，若非事先得知，那想得到這一片寧靜之中，蘊藏著無窮殺機。衆女憂形於色，掛念鈞天部諸姊妹的安危。

石嫂拔刀在手，大聲道：「『縹緲九天』之中，八天部下峯，只餘一部留守，賊子乘虛而來，無恥之極。主人，請你下令，大夥兒衝上峯去，跟羣賊一決死戰！」神情甚爲激昂。余婆卻道：「石家妹子且莫性急，敵人勢大，鈞天部全仗峯上十八處天險，這才支持了這許多時日。咱們現今是在峯下，敵人反客爲主，反佔了居高臨下之勢……」石嫂道：「依你說卻又如何？」余婆道：「咱們還是不動聲色，靜悄悄的上峯，讓敵人越遲知覺越好。」

虛竹點頭道：「余婆之言有理。」他既這樣說，誰也更無異言。

八部分列隊伍，悄無聲息的上山。這一上峯，各人輕功強弱立時便顯了出來。虛竹見余婆、石嫂、符敏儀等幾個首領雖是女流，足下著實快捷，心想：「果然是強將手下無弱兵，師伯的部屬甚是了得。」

一處處天險走將過去，但見每一處都有斷刀折劍、削樹碎石的痕跡，可以想見敵人通過之時，都曾經過一場場慘酷的戰鬥。過斷魂崖、碎骨巖、百丈澗，來到接天橋時，只見兩片峭壁之間的一條鐵索橋已爲人用寶刀砍成兩截。兩處峭壁相距幾達五丈，勢難飛渡。

羣女相顧駭然，均想：「難道鈞天部的衆姊妹都殉難了？」衆女均知，接天橋是連通百丈澗和仙愁門兩處天險之間的必經要道，雖說是橋，其實只一根鐵鍊，橫跨兩邊峭壁，下臨亂石嶙峋的深谷。來到靈鷲宮之人，自然個個武功高超，踏索而過，原非難事。這次程靑霜下峯時，敵人尙只攻到斷魂崖，距接天橋尙遠，但鈞天部早已有備，派人守禦鐵鍊，一等敵人攻到，便即開了鐵鍊中間的鐵鎖，鐵鍊分爲兩截，這五丈闊的深谷說寬不寬，但要一躍而過，縱然輕功極高之人，也所難能。這時衆女見鐵鍊爲利刃所斷，多半敵人斗然攻到，鈞天部諸女竟來不及開鎖分鍊。

石嫂將柳葉刀揮得呼呼風響，叫道：「余婆婆，快想個法子，怎生過去才好。」余婆婆道：「嗯，怎麼過去，那倒不大容易……」

一言未畢，忽聽得對面山背後傳來「啊，啊」兩聲慘呼，乃是女子聲音。羣女熱血上湧，均知是鈞天部的姊妹遭了敵人毒手，恨不得插翅飛將過去，和敵人決一死戰，但儘管嘰嘰喳喳的大聲叫罵，悲嘆議論不絕，卻沒法飛渡天險。

注：佛教認爲，人生痛苦煩惱，不能解脫，主要根源在於「三毒」（Trini Akusalamulani），也可譯作「三不善」，即「貪」（Ragah）、「嗔」（Dosah）、「痴」（Mohah）。「貪」是欲望、貪得、各種物質或精神上的欲求、愛念、對名利權力的追求等等；「嗔」是仇恨心、憎怨心，企望打擊、損害、傷害、殺傷別人的心理，討厭別人，妒忌，幸災樂禍等等；「痴」是不了解、認識錯誤、妄想、幻覺、謬見，

是「白痴」之「痴」而非「痴情」、「痴心」之痴。佛家有時稱「非佛教徒」爲「無知凡夫」，是出於一種慈悲心，認爲他們不是應當敵視的「異教徒」，而只是未聞佛法、不了解覺者眞理、未懂得眞正道理之人，亦即「痴」。中國學者常出於對中文「痴」的理解，以爲三毒之「痴」是指痴心、迷戀，其實是因中文之「痴」字而生誤會。在佛教中，迷戀、執著、念念不忘、難以自解，有如段譽之對王語嫣，在「三毒」中屬於「貪」而不算「痴」。但人有「痴心」、「情痴」，也即因「認識錯誤」、「不知眞理」所致，所以兩者分別不大。中文中之「貪」，恆指非分之得而言；佛學中之「貪」，則包括合理的獲得在內，如考試合格、營業賺錢等等，相當於「獲得的欲求」。

佛教徒認爲三毒中「痴」最難消除，因心中若無「痴」，即可有「正見」、「正思惟」，對於「實相」有眞正認識，能脫卻鈍根、中根而進入利根，能生「三善思」（出離、無恚、無害），由此而能生慧，能去貪、去嗔。佛家之「痴」，佛經英文譯本中作 delusion, ignorance, false thinking, without the right understanding, without the right thoughts。去「嗔」不難，去「貪」甚難，若能去「痴」，即大徹大悟，眞見佛道矣。所以「不聞佛法」是人生「八難」之一，類似於生而聾、啞、盲。

段譽和虛竹兩人你引一句《金剛經》，我引一段《法華經》，自寬自慰，自傷自嘆，惺惺相惜。梅蘭竹菊四姝不住輪流上來斟酒。

三八　胡塗醉　情長計短

虛竹眼望深谷，也是束手無策，見到衆女焦急的模樣，心想：「她們都叫我主人，遇上了眞正難題，我這主人卻一籌莫展，那成甚麼話？經中言道：『或有來求手足耳鼻、頭目肉血、骨髓身分，菩薩摩訶薩見來求者，悉能一切歡喜施與。』菩薩六度，第一便是布施，我又怕甚麼了？」於是脫下符敏儀所縫的那件袍子，說道：「石嫂，請借兵刃一用。」石嫂道：「是！」倒轉柳葉刀，躬身將刀柄遞過。

虛竹接刀在手，北冥眞氣運到了刃鋒之上，手腕微抖，唰的一聲輕響，已將扣在峭壁石洞中的半截鐵鍊斬下。柳葉刀又薄又細，只不過鋒利而已，也非甚麼寶刀，但經他眞氣貫注，切鐵鍊如斬竹木。這段鐵鍊留在此岸的約有二丈二三尺，虛竹抓住鐵鍊，將刀還了石嫂，提氣力躍，便向對岸縱了過去。

羣女齊聲驚呼。余婆婆、石嫂、符敏儀等都叫：「主人，不可冒險！」

一片呼叫聲中，虛竹已身凌峽谷，他體內眞氣滾轉，輕飄飄的向前飛行，突然間眞氣微濁，身子下跌，當即揮出鐵鍊，捲住了對岸垂下的斷鍊。便這麼一借力，身子沉而復起，落到了對岸。他轉過身來，朗聲道：「大家且歇一歇，我去設法救人。」

余婆等又驚又佩，盡皆感激，齊道：「主人小心！」

虛竹向傳來慘呼聲的山後奔去，走過一條石弄堂也似的窄道，見兩女屍橫在地，身首分離，鮮血兀自從頸口冒出。虛竹合什說道：「我佛慈悲，罪過，罪過！」對著兩具屍體匆匆忙忙的唸了一遍「往生咒」，順著小徑向峯頂快步而行，越走越高，身周白霧越濃，不到一個時辰，便已到了縹緲峯絕頂，雲霧之中，放眼皆是松樹，卻聽不到一點人聲，心下沉吟：「難道鈞天部諸女都給殺光了？當眞作孽。」摘了幾枚松球，放在懷裏，心道：「松球會擲死人，我出手千萬要輕，只可將敵人嚇走，不可殺人。」

只見地下是一條青石板鋪成的大道，每塊青石都長約八尺，寬約三尺，甚爲整齊，要鋪成這樣的大道，工程浩大之極，似非童姥手下諸女所能，料想是前人遺留。這青石大道約有二里來長，石道盡處，一座巨大的石堡巍然聳立，堡門左右各有一頭石彫的猛鷲，高達三丈有餘，尖喙巨爪，神駿非凡。這古堡形貌古樸，不知是何時所建，堡門半掩，四下裏仍一人也無。

虛竹閃身進門，穿過兩道庭院，忽聽得大廳中傳來聲音，一人厲聲喝道：「賊婆子藏寶的地方，到底在那裏？你們說是不說？」一個女子聲音罵道：「狗奴才，事到今日，難道我們還想活嗎？你可別痴心妄想啦！」另一個男子聲音說道：「雲島主，有話好說，何必動粗？這般對付婦道人家，未免太無禮了罷？」

虛竹聽出那勸解的聲音是大理段公子所說，當烏老大要衆人殺害童姥之時，也是這段公子獨持異議，心想：「這位公子似乎不會武功，但英雄肝膽，俠義心腸，遠在一衆武學高手之上，令人好生欽佩。」

只聽那雲島主道：「哼哼，你們這些鬼丫頭想死，自然容易，但天下那有這等便宜事？我碧石島有一十七種奇刑，待會一件件在你們鬼丫頭身上試個明白。聽說黑風洞、伏鯊島的奇刑怪罰，比我碧石島還厲害得多，也不妨讓衆兄弟開開眼界。」許多人轟然叫好，更有人道：「大夥兒儘可比劃比劃，且看那一洞、那一島的刑罰最先奏效。」

從聲音中聽來，廳內不下數百人之多，加上大廳中的回聲，嘈雜噪耳。虛竹想找個門縫向內窺望，但這座大廳全是以巨石砌成，竟沒半點縫隙。他一轉念間，雙手在地下泥塵中抹了幾下，滿手污泥都塗抹在臉上，便即邁步進廳。

只見大廳中桌上、椅上都坐滿了人，一大半人沒座位，便席地而坐，另有一些人走來走去，隨口談笑。廳中地下坐著二十來個黃衫女子，顯是給人點了穴道，動彈不得，其中一大半都是身上血漬淋漓，受傷不輕，自是鈞天部諸女了。廳上本來便亂糟糟地，虛竹跨進廳門，也有幾人向他瞧了一眼，見他不是女子，自不是靈鷲宮之人，只道是那個洞主、島主帶來的門人子弟，誰也沒多加留意。

虛竹在門檻上一坐，放眼四顧，見烏老大坐在西首一張太師椅上，臉色憔悴，但剽悍乖戾之氣仍從眼神中流露出來。一個身形魁梧的黑漢子手握皮鞭，站在鈞天部諸女身旁，不住喝罵，威逼她們吐露童姥藏寶的所在，那自是雲島主了。諸女只倔強反罵。

烏老大道：「你們這些丫頭眞是死心眼兒，我跟你們說，童姥早就給她師妹李秋水殺死了，這是我親眼目睹，難道還有假的？你們乘早降服，我們決不難為。」

一個中年黃衫女子尖聲叫道：「胡說八道！尊主武功蓋世，已練成了金剛不壞之身，有誰還能傷得她老人家？你們妄想奪取破解『生死符』的寶訣，乘早別做這淸秋大夢。別說尊主必定無恙，轉眼就會上峯，懲治你們這些叛徒，就算她老人家仙去了，你們『生死符』不解，一年之內，個個要哀號呻吟，受盡苦楚而死。」

烏老大冷冷的道：「好，你不信，我給你們瞧一樣物事。」說著從背上取下一個包袱，打了開來，赫然露出一條人腿。虛竹和衆女認得那條腿上的褲子鞋襪，正是童姥的下肢，不禁都「啊」的一聲叫了出來。烏老大道：「李秋水將童姥斬成了八塊，分投山谷，我隨手拾來了一塊，你們不妨仔細瞧瞧，是眞是假。」

鈞天部諸女認明確是童姥的左腿，料想烏老大此言非虛，不禁放聲大哭。

一衆洞主、島主大聲歡呼，都道：「賊婆子已死，當眞妙極！」有人道：「普天同慶，薄海同歡！」有人道：「烏老大，這般好消息，你竟瞞到這時候，該當罰酒三大杯。」卻也有人道：「賊婆子既死，咱們身上的生死符，倘若世上無人能解……」

突然之間，人叢中響起幾下「嗚嗚」之聲，似狼嗥，如犬吠，聲音充滿了痛楚，極爲可怖。衆人一聽之下，齊皆變色，霎時之間，大廳中除了這有如受傷猛獸般的呼號之外，更無別的聲息。只見一個胖子在地下滾來滾去，兩腳亂撐亂踢，雙手先是抓臉，又撕爛胸口衣服，跟著猛力撕抓胸口，竟似要挖出自己的心肺。只片刻間，他已滿手是血，臉上、胸口，也都是鮮血，叫聲也越來越慘厲。衆人如見鬼魅，不住後退。有幾人低聲道：「生死符催命來啦！」

虛竹雖也中過生死符，但隨即服食解藥，跟著得童姥傳授法門化解，並未經歷過這等慘酷熬煎，眼見那胖子這般驚心動魄的情狀，才深切體會到衆人如此畏懼童姥之故。

衆人似怕生死符的毒性會傳染旁人，誰也不敢上前設法減他痛苦。片刻之間，那胖子已將全身衣衫撕得稀爛，身上一條條都是抓破的血痕，地下也洒滿了斑斑鮮血。

人叢中有人氣急敗壞的叫道：「哥哥！你靜一靜，別慌！」奔出一個人來，又叫：「讓我給你點了穴道，咱們再想法醫治。」那人和那胖子相貌有些相似，年紀較輕，人也沒那麼胖，顯是他的同胞兄弟。那胖子雙眼發直，宛似不聞。那人一步步走近，神態間充滿了戒愼恐懼，走到離他三尺之處，陡然出指，疾點他「肩井穴」。那胖子身形一側，避開了他手指，反手將他牢牢抱住，張口便咬他臉頰。那人叫道：「哥哥，放手！是我！」那胖子不住亂咬，便如瘋狗一般。他兄弟出力掙扎，卻那裏掙得開，霎時間臉上給他咬下一塊肉來，鮮血淋漓，只痛得大聲慘呼。

段譽向王語嫣道：「王姑娘，怎地想法子救他們一救？」王語嫣蹙起眉頭，說道：「這人發了瘋，力大無窮，又不是使武功，我可沒法子。」段譽轉頭向慕容復道：「慕容兄，你慕容家『以彼之道，還治彼身』的神技，可用得著麼？」慕容復不答，臉有不愉之色。包不同惡狠狠的道：「你叫我家公子學做瘋狗，也去咬他一口嗎？」

段譽歉然道：「是我說得不對，包兄莫怪。慕容兄莫怪！」走到那胖子身邊，說道：「尊兄，這人是你的弟弟，快請放了他罷。」那胖子雙臂卻抱得更加緊了，口中兀自發出猶似負傷猛獸的痛吼之聲。

雲島主抓起一名黃衫女子，喝道：「這裏廳上之人，大半都中了老賊婆的生死符，此刻互受感應，不久人人都要發作，幾百個人將你全身咬得稀爛，你怕是不怕？」那女子向那胖子望了一眼，臉現驚恐神色。雲島主道：「反正童姥已死，你將她秘藏之處說出來，治好衆人，大家感激不盡，決不再難爲你們。」那女子道：「不是我不肯說，實在……實在是誰也不知。尊主行事，隱秘之極，不會讓我們奴婢見到的。」

慕容復隨衆人上山，原想助他們一臂之力，樹恩示惠，將這些草澤異人收爲己用。此刻見童姥雖死，她種在各人身上的生死符卻無法破解，看來這「生死符」乃是一種劇毒，非武功所能爲力，倘若一個個毒發斃命，自己一番圖謀便成一場春夢了。他和鄧百川、公冶乾相對搖了搖頭，均感無法可施。

雲島主雖知那黃衫女子所言多半屬實，但覺自身中了生死符的穴道中隱隱發酸，似有發作之兆，急怒之下，喝道：「好！先打死你這臭丫頭再說！」提起長鞭，啪的一揮，猛力向那女子打去，這一鞭力道沉猛，眼見那女子要給打得頭碎腦裂。

忽然嗤的一聲，一件暗器從門口飛來，撞在那女子腰間。那女子給撞得滑出丈餘，啪的一聲大響，長鞭打上地下石板，石屑四濺。只見地下一個黃褐色圓球骨溜溜滾轉，卻是一枚松球。衆人都大吃一驚：「用一枚小小松球便將人撞開丈餘，內力非同小可，那是誰？」

烏老大驀地裏想起一事，失聲叫道：「童姥！是童姥！」

那日他躲在巖石之後，見到李秋水斬斷了童姥左腿，便將斷腿包在油布之中，帶在身邊。他想童姥多半已給李秋水追上殺死，但沒目睹她的死狀，總是心下惴惴。當日虛竹以松球擲穿他肚子，那手法便是童姥所授。烏老大吃過大苦，一見松球又現，立時便想到是童姥到了，如何不嚇得魂飛魄散？

衆人聽得烏老大狂叫「童姥」，一齊轉身朝外，大廳中唰唰、嚓嚓、垮喇、嗆啷諸般拔兵刃之聲響成一片，各人均取兵刃在手，同時向後退縮。

慕容復反向大門走了兩步，要瞧瞧這童姥到底是甚麼模樣。其實那日他以「斗轉星移」之術化解虛竹和童姥從空下墮之勢，曾見過童姥一面，只是決不知那個十八九歲、顏如春花的姑娘，竟會是衆魔頭一想到便膽戰心驚的天山童姥。

段譽擋在王語嫣身前，生怕她受人傷害。王語嫣卻叫：「表哥，小心！」

衆人目光羣注大門，但過了好半晌，大門口全無動靜。

包不同叫道：「童姥姥，你要是惱了咱們這批不速之客，便進來打上一架罷！包不同與衆不同，並不怕你！」過了一會，門外仍寂無聲息。風波惡道：「好罷，讓風某第一個來領教童姥的高招，『明知打不過，仍要打一打』，那是風某至死不改的臭脾氣！」說著舞動單刀護住面前，便衝向門外。鄧百川、公冶乾、包不同三人和他情同手足，知他決非童姥對手，一齊跟出。

衆洞主、島主有的佩服四人剛勇，有的卻暗自訕笑：「你們沒見過童姥的厲害，卻來妄逞好漢，一會兒吃了苦頭，可就後悔莫及了。」衆人驚懼交集，但聽得風波惡和包不同兩人聲音一尖一沉，在廳外大聲向童姥挑戰，卻不聞有人答腔。

適才搭救黃衫女子這枚松球，卻是虛竹所發。他見自己竟害得大家如此驚疑不定，好生過意不去，說道：「對不起，對不起！是我的不是。童姥確已逝世，各位不用驚慌。」見那胖子還在亂咬他兄弟，心想：「再咬下去，兩人都活不成了。」走過去伸手在那胖子背心上一拍，使的是「天山六陽掌」功夫，一股陽和內力，登時便將那胖子體內生死符的寒毒鎮住了，只不知他生死符的所在與性質，卻沒法就此為他拔除。

那胖子雙臂一鬆，坐倒在地，呼呼喘氣，神情委頓不堪，說道：「兄弟，你怎麼了？是誰傷得你這等模樣？快說，快說，哥哥給你報仇雪恨。」他兄弟見兄長神智回復，心中大喜，顧不得臉上重傷，不住口的道：「哥哥，你好了！哥哥，你好了！」

虛竹伸手在每個黃衫女子肩頭上拍了一記，說道：「各位是鈞天部的麼？你們陽天、朱天、昊天各部姊妹，都已到了接天橋邊，只因鐵鍊斷了，一時不得過來。你們這裏有沒鐵鍊或是粗索？咱們去接她們過來罷。」他掌心中北冥眞氣鼓盪，手到之處，鈞天部諸女不論被封的是那一處穴道，其中阻塞的經脈立即震開，再無任何窒滯。

衆女驚喜交集，紛紛站起，說道：「多謝尊駕相救，不敢請教尊姓大名。」有幾個年輕女子性急，拔步便向大門外奔去，叫道：「快，快去接應八部姊妹們過來，再跟反賊們決一死戰。」一面回頭揮手，向虛竹道謝。

虛竹拱手答謝，說道：「不敢，不敢！相救各位的另有其人，只不過是假手在下而已。」他意思是說，他的武功內力得自童姥等三位師長，實則是童姥等出手救了諸女。

羣豪見他隨手一拍，一衆黃衫女子的穴道立解，既不須查問何處穴道被封，亦不必在相應穴道處推宮過血，這等手法不但從所未見，抑且從所未聞，眼見他貌不驚人，年紀輕輕，決無這等功力，聽他說是旁人假手於他，都信是童姥已到了靈鷲宮中。

烏老大曾和虛竹在雪峯上相處數日，此刻雖然虛竹頭髮已長，滿臉塗了泥污，但一開口說話，烏老大猛地省起，便認了出來，縱身欺近他身旁，扣住了他右手脈門，喝道：「小和尚，童……童姥已到了這裏麼？」

虛竹道：「烏先生，你肚皮上的傷處已痊愈了嗎？我……我現在已不能算佛門弟子了，唉！說來慚愧……當眞慚愧得緊。」說到此處，不禁滿臉通紅，但他臉上塗了不少污泥，旁人也瞧不出來。

烏老大一出手便扣住他脈門，諒他無法反抗，當下加催內力，要他痛得出聲討饒，心想童姥對這小和尚甚好，我一襲得手，將他扣爲人質，童姥便要傷我，免不了要投鼠忌器。那知他所發內力都如泥牛入海，無影無蹤，原來虛竹全身盡是北冥神功，沒一處穴道不能吸人內力。烏老大心下害怕，不敢再催內力，卻也不肯就此放開了手。

羣豪一見烏老大所扣的部位，便知虛竹已落入他掌握，即使他武功比烏老大爲高，也已無可抗禦，唯有聽由烏老大宰割，均想：「這小子倘若眞是高手，要害便決不致如此輕易的爲人所制。」各人七張八嘴的喝問：「小子，你是誰？怎麼來的？」「你叫甚麼名字？你師長是誰？」「誰派你來的？童姥呢？她到底是死是活？」

慕容復、段譽、王語嫣此時也已認出，這人正是珍瓏棋會所遇、後來出手救走啞巴女童的少林和尚虛竹。段譽一喜，忍不住叫道：「喂，烏老大，你可不能傷他。」

虛竹一一回答，神態謙恭：「在下道號……道號虛竹子。童姥確已逝世，她老人家的遺體已運到了接天橋邊。我師門淵源，唉，說來慚愧，當眞……當眞……在下鑄下大錯，不便奉告。各位倘若不信，待會大夥兒便可瞻仰她老人家的遺容。多謝段公子好意，我不礙事。在下來此，是爲了給童姥辦理後事。各位大都是她老人家的舊部，我勸各位不可再念舊怨，大家在她老人家靈前一拜，種種仇恨，一筆勾銷，豈不是好？」他一句句說來，一時羞愧，一時傷感，東一句，西一句，既不連貫，語氣也毫不順暢，最後又盡是一廂情願之辭。

羣豪均覺這小子胡說八道，有點神智不清，驚懼之心漸去，狂傲之意便生，有人更破口叱罵：「小子是甚麼東西，膽敢要咱們在死賊婆的靈前磕頭？」「他媽的，老賊婆到底是怎樣死的？」「是不是死在他師妹李秋水手下？這條腿是不是她的？」

虛竹溫言道：「各位就算眞和童姥有深仇大恨，她既已逝世，那也不必再懷恨了，口口聲聲『老賊婆』，未免太難聽了一點。烏先生說得不錯，童姥確是死於她師妹李秋水手下，這條腿嘛，也確是她老人家的遺體。唉，人生如夢幻泡影，如露亦如電，童姥她老人家雖然武功深湛，到頭來仍不免功散氣絕，終須化作黃土。我佛慈悲，但願童姥投胎善道，不受大苦。」

羣豪聽他嘮嘮叨叨的說來，童姥已死倒是確然不假，登時都大感寬慰。有人問道：「童姥臨死之時，你是否在她身邊？」虛竹道：「是啊。最近幾個月來，我一直在服侍她老人家。」羣豪對望一眼，心中同時飛快的轉過了一個念頭：「破解生死符的寶訣，說不定便在這小子身上。」

青影晃動，一人欺近身來，扣住了虛竹左手脈門，跟著烏老大覺得後頸一涼，一柄利器已架上他項頸，一個尖銳的聲音說道：「烏老大，放開了他。」

烏老大一見扣住虛竹左腕那人，便料到此人的死黨必定同時出擊，待要出掌護身，已慢了一步。只聽得背後那人道：「再不放開，這一劍便斬下來了。」烏老大鬆指放開虛竹手腕，向前躍出數步，轉過身來，說道：「珠崖雙怪，姓烏的不會忘了今日之事。」

那使劍逼他的是個瘦長漢子，獰笑道：「烏老大，不論出甚麼題目，珠崖雙怪都接著便是。」大怪扣著虛竹脈門，二怪便來搜他衣袋。虛竹心想：「你們要搜便搜，反正我身邊又沒甚麼見不得人的物事。」二怪將他懷中的東西一件件摸將出來，第一件便摸到無崖子給他的那幅圖畫，當即展開卷軸。

大廳上數百對目光，齊向畫中瞧去。那畫曾為童姥踩過幾腳，後來又在冰窖中給浸得濕透，但圖中美女仍栩栩如生，便如要從畫中走下來一般，丹青妙筆，當眞出神入化。衆人一見之下，不約而同都轉頭向王語嫣瞧去。有人說：「咦！」有人說「哦！」有人說：「呸！」有人說：「哼！」咦者大出意外，哦者恍然有悟，呸者甚為憤怒，哼者意存輕蔑。

羣豪本來盼望卷軸中繪的是一張地圖又或是山水風景，便可循此而去找尋破解生死符的靈藥或秘訣，那知竟是王語嫣的一幅圖像，咦、哦、呸、哼一番之後，均感失望。只段譽、慕容復、王語嫣同時「啊」的一聲，至於這一聲「啊」的含意，三人卻又各自不同。王語嫣見到虛竹身邊藏著自己的肖像，驚奇之餘，暈紅雙頰，尋思：「難道……難道這人自從那日在珍瓏棋局旁見了我一面之後，便也像段公子一般，將我……將我這人放在心裏？否則何以圖我容貌，暗藏於身？」段譽卻想：「王姑娘天仙化身，姿容絕世，這個小師父為她顛倒傾慕，原也不足為異。唉，可惜我的畫筆及不上這位小師父的萬一，否則我也來畫一幅王姑娘的肖像，日後和她分手，朝夕和畫像相對，倒也可稍慰相思之苦。」慕容復卻想：「這小和尚也是個癩蝦蟆想吃天鵝肉之人。」所謂「也是」，頭一個當指段譽而言。

二怪將畫軸往地下一丟，又去搜查虛竹衣袋，此後拿出來的是虛竹在少林寺剃度的一張度牒，幾兩碎銀子，幾塊乾糧，一雙布襪，看來看去，無一和生死符有關。

珠崖二怪搜查虛竹之時，羣豪無不虎視眈眈的在旁監視，只要見到有甚麼特異之物，立時擁上搶奪，不料甚麼東西也沒搜到。

珠崖大怪罵道：「臭賊，老賊婆臨死之時，跟你說甚麼來？」虛竹道：「你問童姥臨死時說甚麼話？嗯，她老人家說：『不是她，不是她，不是她！哈哈，哈哈，哈哈！』大笑三聲，就此斷氣了。」羣豪莫名其妙，心思縝密的便沉思這句「不是她」和大笑三聲有甚含義，性情急躁的卻都喝罵了起來。

珠崖大怪喝道：「他媽的，甚麼不是她，哈哈哈？老賊婆還說了甚麼？」虛竹道：「前輩先生，你提到童姥她老人家之時，最好稍存敬意，可別胡言斥罵。」珠崖大怪大怒，提起左掌，便向他頭頂擊落，罵道：「臭賊，我偏要罵老賊婆，卻又如何？」

突然間寒光閃動，一柄長劍伸了過來，橫在虛竹頭頂，劍刃側豎。珠崖大怪這一掌如繼續拍落，還沒碰到虛竹頭皮，自己手掌先得在劍鋒上切斷了。他一驚之下，急忙收掌，只收得急了，身子後仰，退出三步，一拉之下沒將虛竹拉動，順手放脫了他手腕，但覺左掌心隱隱疼痛，提掌看時，見一道極細的劍痕橫過掌心，滲出血來，不由得又驚又恐，心想這一下只消收掌慢了半分，這手掌豈非廢了？

怒目向出劍之人瞪去，見那人身穿青衫，五十來歲年紀，長鬚飄飄，面目清秀，認得他是「劍神」卓不凡。從適才這一劍出招之快、拿捏之準看來，劍上的造詣實已到了登峯造極的地步。他又記起那日劍魚島區島主離衆而去，頃刻間便給這「劍神」斬了首級，他性子雖躁，卻也不敢輕易和這等厲害的高手爲敵，說道：「閣下出手傷我，是何用意？」

卓不凡微微一笑，說道：「大夥兒要從此人口中，查究破解生死符的法門，老兄卻突然性起，要將這人打死。衆兄弟身上的生死符催起命來，老兄如何交代？」珠崖大怪語塞，只道：「這個……這個……」卓不凡還劍入鞘，微微側身，手肘在二怪肩頭輕輕一撞，二怪站立不定，騰騰騰騰，向後退出四步，胸腹間氣血翻湧，險些摔倒，好容易才站定腳步，卻不敢出聲喝罵。

卓不凡向虛竹道：「小兄弟，童姥臨死之時，除了說『不是她』以及大笑三聲之外，還說了甚麼？」

虛竹突然滿臉通紅，神色忸怩，慢慢低下頭去，原來他想起童姥那時說道：「你將那幅圖畫拿來，讓我親手撕個稀爛，我再沒掛心之事，便可指點你去尋那夢中姑娘。」豈知童姥一見圖畫，發現畫中人並非李秋水，而是李秋水的小妹子，又好笑，又傷感，竟此一瞑不視。他想：「童姥突然逝世，那位夢中姑娘的蹤跡，天下再無一人知曉，只怕今生今世，我再也不能和她相見了。」言念及此，心下失望之極，黯然魂銷。

卓不凡見他神色有異，只道他心中隱藏著甚麼重大機密，和顏悅色的道：「小兄弟，童姥到底跟你說了些甚麼，你跟我說好了，我姓卓的非但不會對你爲難，還有大大的好處給你。」虛竹連耳根子也紅了，搖頭道：「這件事，我是萬萬……萬萬不能說的。」卓不凡道：「爲甚麼不能說？」虛竹道：「此事說來……說來……唉，總而言之，我不能說，你便殺了我，我也不說。」卓不凡道：「你當眞不說？」虛竹道：「不說。」

卓不凡向他凝視片刻，見他神氣十分堅決，突然間唰的一聲，拔出長劍，寒光閃動，嗤嗤嗤幾聲輕響，長劍似乎在一張八仙桌上劃了幾下，跟著啪啪幾響，八仙桌分爲整整齊齊的九塊，崩跌在地。在這一霎眼之間，他縱兩劍，橫兩劍，連出四劍，在桌上劃了個「井」字。更奇的是，九塊木板均成四方之形，大小闊狹，全無差別，竟如是用尺來仔細量度了之後，再慢慢剖成一般。大廳中登時采聲雷動。

王語嫣輕聲道：「這一手周公劍，是福建建陽『一字慧劍門』的絕技，這位卓老先生，想必是『一字慧劍門』的高手耆宿。」羣豪齊聲喝采之後，隨即一齊向卓不凡注目，更無聲息，她話聲雖輕，這幾句話卻清清楚楚的傳入了各人耳中。

卓不凡哈哈一笑，說道：「這位姑娘當眞好眼力，居然說得出老朽的門派和劍招名稱。難得，難得。」衆人都想：「從來沒聽說福建有個『一字慧劍門』，這老兒劍術如此厲害，他這門派該當威震江湖才是，怎地竟爾沒沒無聞？」只聽卓不凡嘆了口氣，說道：「我這門派之中，卻只老夫孤家寡人、光桿兒一個。『一字慧劍門』三代六十二人，二十三年之前，便給天山童姥殺得乾乾淨淨了。」

衆人心中一凜，均想：「此人到靈鷲宮來，原來是爲報師門大仇。」

只見卓不凡長劍一抖，向虛竹道：「小兄弟，我這幾招劍法，便傳了給你如何？」此言一出，羣豪有的現出艷羨之色，但也有不少人登時顯出敵意。學武之人若得高人垂青，授以一招兩式，往往終身受用不盡，天下揚名，立身保命，皆由於此。但歹毒之徒習得高招後反噬恩師，亦屢見不鮮，是以武學高手擇徒必嚴。卓不凡毫沒來由的答允以上乘劍術傳授虛竹，自是爲了要知道童姥的遺言，以取得生死符。

虛竹尚未答覆，人叢中一個女子聲音冷冷問道：「卓先生，你也中了生死符麼？」卓不凡向那人瞧去，見說話的是個中年道姑，便道：「仙姑何出此問？」

段譽認得這道姑是大理無量洞洞主辛雙清，她本是無量劍西宗的掌門人，給童姥的部屬收服，改稱爲無量洞洞主。這些日子來，段譽一直不敢和辛雙清正眼相對，也不敢走近她屬下的左子穆，生怕他們要算舊帳，這時見她發話，忙去躲在一根大柱之後。

辛雙清道：「卓先生若非身受生死符的荼毒，何以千方百計，也來求這破解之道？倘若卓先生意在挾制我輩，那麼三十六洞、七十二島諸兄弟甫脫獅吻，又入虎口，只怕也未必甘心。卓先生雖劍法通神，但如逼得我們無路可走，衆兄弟也只好不顧死活的一搏了。」這番話不亢不卑，但一語破的，揭穿了卓不凡的用心，辭鋒咄咄逼人。無量劍東宗、西宗爲靈鷲宮收歸麾下之後，辛雙清和左子穆均給童姥在身上種了生死符，甫歷痛楚，創傷猶新，更怕再受旁人宰制。

羣豪中登時有十餘人響應：「辛洞主的話是極。」更有人道：「小子，童姥到底有甚麼遺言，快快當衆說出來，否則大夥兒將你亂刀分屍，味道可不大妙。」

卓不凡長劍抖動，嗡嗡作響，說道：「小兄弟不用害怕，你在我身邊，瞧有誰能動了你一根寒毛？童姥的遺言你只能跟我一人說，若有第三人知道，我的劍法便不能傳你了。」虛竹搖頭道：「童姥的遺言，只和我一個人有關，跟另外一個人也有關，但跟各位實在沒半點干係。不管怎樣，我是決計不說的。你劍法雖好，我也不想學。」

羣豪轟然叫好，道：「對，對！好小子，挺有骨氣，他的劍法學來有甚麼用？」「人家嬌滴滴的小姑娘，一句話便將他劍招的來歷揭破了，可見並沒希奇之處。」又有人道：「這位姑娘既識得劍法的來歷，便有破他劍法的本事。小兄弟，若要拜師，還是拜這個小姑娘爲妙。何況你懷中藏了她的畫像，哈哈，自然該當拜她爲師才是。」

卓不凡聽到各人的冷嘲熱諷，甚感難堪，斜眼向王語嫣望去，過了半晌，見她始終默不作聲，卓不凡大怒，心道：「有人說你能破得我的劍法，你竟並不立即否認，難道你是默認確能破得嗎？」其實王語嫣心中在想：「表哥為甚麼神色不大高興，是不是生我的氣啊？我甚麼地方得罪他了？莫非……莫非那位小師父畫了我的肖像藏在身邊，表哥就此著惱？」於旁人的說話，一時全沒聽在耳中。

卓不凡一瞥眼又見到丟在地下的那軸圖畫，陡然想起：「這小子畫了她肖像藏在懷中，自然對她有萬分情意。我要他吐露童姥遺言，非從這小妞兒身上著手不可，有了！」拾起圖畫，塞入虛竹懷中，說道：「小兄弟，你的心事，我全知道，嘿嘿，郎才女貌，眞是天造地設一對。只不過有人從中作梗，你想稱心如意，卻也不易。這樣罷，由我一力主持，將這位姑娘配了給你作妻房，即刻在此拜天地，今晚便在靈鷲宮中洞房如何？」說著笑吟吟的伸手指著王語嫣。

「一字慧劍門」滿門師徒給童姥殺得精光，當時卓不凡不在福建，倖免於難，從此再也不敢回去，逃到長白山中荒僻極寒之地苦研劍法，無意中得了前輩高手遺下來的一部劍經，勤練二十年，終於劍術大成，自信已天下無敵，此番出山，在河北一口氣殺了幾個赫赫有名的好手，更加狂妄不可一世，便自稱「劍神」，只道手中長劍當世無人與抗，言出法隨，誰敢有違？

虛竹臉上一紅，忙道：「不，不！卓先生不可誤會。」

卓不凡道：「男大當婚，女大當嫁，知好色則慕少艾，原是人之常情，又何必怕醜？」虛竹不由得狼狽萬狀，連說：「這個……這個……不是的……」

卓不凡長劍抖動，一招「天如穹廬」，跟著一招「白霧茫茫」，兩招混一，向王語嫣遞去，要將她圈在劍光之中拉過來，居爲奇貨，以便與虛竹交換，讓他吐露秘密。

王語嫣一見這兩招，心中便道：「『天如穹廬』和『白霧茫茫』，都是九虛一實。只須中宮直進，搗其心腹，便逼得他非收招不可。」可是心中雖知其法，手上功夫卻使不出來，眼見劍光閃閃，罩向自己頭上，驚惶之下，「啊」的一聲叫了出來。

慕容復看出卓不凡這兩招並無傷害王語嫣之意，心想：「我不忙出手，且看這姓卓的老兒搗甚麼鬼？這小和尚是否會爲了表妹而吐露機密？」

但段譽一見到卓不凡的劍招指向王語嫣，他也不懂劍招虛實，自然大驚失色，情急之下，腳下展開「凌波微步」，疾衝過去，擋在王語嫣身前。卓不凡劍招雖快，段譽還是搶先了一步。長劍寒光閃處，嗤的一聲輕響，劍尖在段譽胸口劃了一條口子，自頸至腹，衣衫盡裂，傷及肌膚。總算卓不凡志在逼求虛竹心中的機密，不欲殺人樹敵，見有人擋來，便即縮手，這一劍勁力恰到好處，劍痕雖長，傷勢卻甚輕微。段譽嚇得呆了，低頭見到自己胸膛和肚腹上衣衫劃破，割出長長一條劍傷，鮮血迸流，只道已給他開膛破腹，立時便要斃命，叫道：「王姑娘，你……你快躲開，我來擋他一陣。」

卓不凡冷笑道：「泥菩薩過江，自身難保，居然不自量力，來做護花之人。」轉頭向虛竹道：「小兄弟，看中這位姑娘的人可著實不少，我先動手給你除去一個情敵如何？」長劍劍尖指著段譽心口，相距寸許，抖動不定，只須輕輕一送，立即插入他心臟。

虛竹大驚，叫道：「不可，萬萬不可！」生怕卓不凡殺害段譽，左手伸出，小指在他右腕「太淵穴」上輕輕一拂。卓不凡手上一麻，握著劍柄的五指便即鬆了。虛竹順手將長劍抓入掌中。這一下奪劍，乃「天山折梅手」中的高招，看似平平無奇，其實他小指一拂之中，含有最上乘的「小無相功」，卓不凡的功力便再深三四十年，手中長劍一樣的也給奪了下來。虛竹道：「卓先生，這位段公子是好人，不可傷他性命。」順手又將長劍塞還在卓不凡手中，低頭去察看段譽傷勢。

段譽嘆道：「王姑娘，我……我要死了，但願你與慕容兄百年齊眉，白頭偕老。爹爹，媽媽……我……我……」他傷勢其實並不厲害，只是以爲自己胸膛肚腹給人剖開了，當然非死不可，一洩氣，身子向後便倒。

王語嫣搶著扶住，垂淚道：「段公子，你這全是爲了我……」

虛竹出手如風，點了段譽胸腹間傷口左近的穴道，再看他傷口，登時放心，笑道：「段公子，你的劍傷不礙事，三四天便好。」

段譽身子給王語嫣扶住，又見她爲自己哭泣，早已神魂飄盪，歡喜萬分，問道：「王姑娘，你……你是爲我流淚麼？」王語嫣點了點頭，珠淚又滾滾而下。段譽道：

「我段譽得有今日，他便再刺我幾十劍，我也甘心。」虛竹的話，兩人竟全沒聽進耳中。王語嫣是心中感激，情難自已。段譽見到了意中人的眼淚，又知這眼淚是爲自己所流，那裏還關心自己的生死？

虛竹奪劍還劍，只一瞬間之事，除了慕容復看得清楚、卓不凡自身明白之外，旁人都道卓不凡手下留情，故意不取段譽性命。可是卓不凡心中驚怒之甚，實難形容，一轉念間，心道：「我在長白山中巧得前輩遺留的劍經，苦練二十年，當世怎能尚有敵手？是了，想必這小子誤打誤撞，剛好碰到我手腕上的太淵穴。天下十分湊巧之事，原是有的。倘若他當眞有意奪我手中兵刃，奪了之後，又怎會還我？瞧這小子小小年紀，能有多大氣候，豈能奪得了卓某手中長劍？」心念及此，豪氣又生，說道：「小子，你忒也多事！」長劍遞出，劍尖指在虛竹後心衣上，手勁輕送，要想刺破他衣衫，便如對付段譽一般，令他也受些皮肉之苦。

虛竹這時體內北冥眞氣充盈流轉，宛若實質，卓不凡長劍刺到，撞上了他體內眞氣，劍尖一歪，劍鋒便從他身側滑開。卓不凡大吃一驚，變招也眞快捷，立時橫劍削向虛竹脅下。這招「玉帶圍腰」一劍連攻他前、右、後三個方位，三處都是致命要害，凌厲狠辣。這時他已知虛竹武功之高，大出自己意料之外，這一招已使上了全力。

虛竹「咦」的一聲，身子微側，不明白卓不凡適才還說得好端端地，何以突然翻臉，陡施殺手？嗤的一聲，劍刃從他腋下穿過，將他的舊僧袍劃破了長長一條。卓不凡第二擊不中，五分驚訝之外，更增五分懼怕，身子滴溜溜打個半圈，長劍一挺，劍尖上突然生出半尺吞吐不定的青芒。羣豪中十餘人齊聲驚呼：「劍芒，劍芒！」那劍芒猶似長蛇般伸縮不定，卓不凡臉露獰笑，丹田中提一口眞氣，青芒突盛，向虛竹胸口刺來。

虛竹從未見過別人的兵刃上能生出青芒，聽得羣豪呼喝，料想是一門厲害武功，自己定然對付不了，錯步滑開。卓不凡這一劍出了全力，中途無法變招，嗤的一聲響，長劍刺入了大石柱中，深入尺許。這根石柱乃極堅硬的花崗石所製，軟身的長劍居然刺入一尺有餘，可見他附在劍刃上的眞力確實非同小可，羣豪又忍不住喝采。

卓不凡手上運勁，從石柱中拔出長劍，仗劍向虛竹趕去，喝道：「小兄弟，你能逃到那裏去？」虛竹心下害怕，滑腳又再避開。

左側突然有人嘿嘿一聲冷笑，說道：「小子，躺下罷！」是個女子聲音。兩道白光閃處，兩把飛刀在虛竹面前掠過。虛竹雖只在最初背負童姥之時，得她指點過一些輕功，但他內力深湛渾厚，舉手投足之際，自然而然的輕捷無比，身隨意轉，飛刀來得雖快，他還是輕輕巧巧的躲過了。但見一個身穿淡紅衣衫的中年美婦雙手一招，便將兩把飛刀接入手中。她掌心之中，倒似有股極強的吸力，將飛刀吸了過去。

卓不凡讚道：「芙蓉仙子的飛刀神技，可教人大開眼界了！」

虛竹驀地想起，那晚衆人合謀進攻縹緲峯時，卓不凡、芙蓉仙子二人和不平道人乃是一路，不平道人在雪峯上給自己以松球打死，難怪二人要殺自己爲同伴報仇。他自覺內疚，停了腳步，向卓不凡和芙蓉仙子不住作揖，說道：「我確是犯了極大的過錯，當眞該死，雖然當時我並非有意，唉，總之是鑄成了難以挽回的大錯。兩位要打要罵，我……我這個……再也不敢躲閃了。」

卓不凡和芙蓉仙子崔綠華對望了一眼，均想：「這小子終於害怕了。」其實他們並不知不平道人是死在虛竹手下，即使知道，也不擬殺他爲不平道人報仇。兩人一般的心思，同時欺近身去，一左一右，抓住了虛竹手腕。

虛竹想到不平道人死時的慘狀，心中抱憾萬分，不住討饒：「我做錯了事，當眞後悔莫及。兩位儘管重重責罰，我心甘情願的領受，就是要殺我抵命，也不敢違抗。」

卓不凡道：「你要我不傷你性命，那也容易，你只須將童姥臨死時的遺言，原原本本的說與我聽，便可饒了你。」崔綠華微笑道：「卓先生，小妹能不能聽？」卓不凡道：「咱們只要尋到破解生死符的法門，這裏衆位朋友人人都受其惠，又不是在下一人能得好處。」他既不說讓崔綠華同聽秘密，亦不說不讓她聽，但言下之意，顯然是欲獨佔成果。

崔綠華微笑道：「小妹卻沒你這麼好良心，我便是瞧著這小子不順眼。」左手緊抓虛竹手腕，右手疾揚，兩柄飛刀便往虛竹胸口直揷下來。

童姥旣死，卓不凡的師門大仇已難以得報，這時他只想找到破解生死符的法門，挾制羣豪，作威作福。崔綠華的用意卻全然不同。她兄長爲三十六洞的三個洞主聯手所殺，她想只要殺了虛竹，沒人知道童姥的遺言，那三個洞主身上的生死符就永難破解，勢必比她兄長死得慘過百倍，遠勝於自己親手殺人報仇，是以突然猛施殺手。她這下出手好快，卓不凡長劍本已入鞘，忙去拔劍，已慢了一步。

虛竹一驚，不及多想，自然而然的雙手外推，將卓不凡和崔綠華同時震開數步。崔綠華一聲呼喝，飛刀脫手，疾向虛竹射去。她雖跌出數步，但以投擲暗器而論，仍可說相距極近。卓不凡怕虛竹被殺，舉劍往飛刀上撩去。崔綠華早料到卓不凡定會出劍相救，兩柄飛刀脫手，跟著又有十柄飛刀連珠般擲出，其中三刀擲向卓不凡，志在將他一擋，其餘七刀都向虛竹射去，面門、咽喉、胸膛、小腹，盡在飛刀籠罩之下。

虛竹雙手連抓，使出「天山折梅手」，隨抓隨拋，但聽得玎玎璫璫之聲不絕，霎時之間，將十三件兵刃投在腳邊。十二柄是崔綠華的飛刀，第十三件卻是卓不凡的長劍。原來他一使上這「天山折梅手」，惶急之下，沒再細想對手是誰，見到兵刃便抓，順手將卓不凡的長劍也奪了下來。

他奪下十三件兵刃，一抬頭見到卓不凡蒼白的臉色，回過頭來，再見到崔綠華驚懼的眼神，心道：「糟糕，糟糕，我又得罪了人啦。」忙道：「兩位請勿見怪，在下行事鹵莽。」俯身拾起地下十三件兵刃，雙手捧起，送到卓崔二人身前。

崔綠華還道他故意來羞辱自己，雙掌運力，猛向他胸膛上擊去。但聽得啪的一聲響，一股猛烈無比的力道反擊出來，崔綠華「啊」的一聲驚呼，身子向後急飛，砰的一下，重重撞上石牆，噴出兩口鮮血。

卓不凡此次與不平道人、崔綠華聯手，事先三人暗中曾相互伸量過武功內力，雖然卓不凡較二人爲強，但也只稍勝一籌而已，此刻見虛竹雙手捧著兵刃，單以體內的一股眞氣，便將崔綠華彈得身受重傷，自己萬萬不是對手。他知今日已討不了好去，雙手向虛竹一拱，說道：「佩服，佩服，後會有期。」

虛竹道：「前輩請取了劍去。在下無意冒犯，請前輩不必介意。前輩要打要罵，爲不平道長出氣，我……我決計不敢反抗。」

在卓不凡聽來，虛竹這幾句話全成了刻毒的譏諷。他臉上已無半點血色，大踏步向廳外走去。

忽聽得一聲嬌叱，一個女子聲音說道：「站住了！靈鷲宮是甚麼地方，容得你要來便來，要去便去嗎？」卓不凡一凜，順手便按劍柄，一按之下，卻按了個空，這才想起長劍已給虛竹奪去，只見大門外攔著一塊巨巖，二丈高，一丈寬，將大門密不透風的堵死了。這塊巨巖不知是何時無聲無息的移來，自己竟全沒發覺。

羣豪一見這情景，均知已陷入了靈鷲宮的機關之中。衆人一路攻戰而前，將一干黃衫女子殺的殺，擒的擒，掃蕩得乾乾淨淨，進入大廳之後，也曾四下察看有無伏兵，但此後有人身上生死符發作，各人觸目驚心，物傷其類，跟著一連串變故接踵而來，竟沒想到身處險地，危機四伏，待得見到巨巖堵死了大門，心中均是一凜：「今日要生出靈鷲宮，只怕大大不易了。」

忽聽得頭頂一個女子聲音說道：「童姥姥座下四使婢，參見虛竹先生。」虛竹抬起頭來，見大廳靠近屋頂之處，有九塊巖石凸了出來，似是九個小小的平台，其中四塊巖石上各有一個十七八歲的少女，正自盈盈拜倒。四女一拜，隨即縱身躍落，身在半空，手中已各持長劍，飄飄而下。四女一穿淺紅，一穿淡青，一穿淺碧，一穿淺黃，同時躍下，同時著地，再向虛竹躬身拜倒，說道：「使婢迎接來遲，主人恕罪。」虛竹作揖還禮，說道：「四位姊姊不必多禮。」

四個少女抬起頭來，衆人都是一驚。但見四女不但高矮穠纖一模一樣，而且相貌也沒半點分別，一般的瓜子臉蛋，眼如點漆，清雅秀麗，所不同者只衣衫顏色。

那穿淺紅衫的女子道：「婢子四姊妹一胎所生，童姥姥給婢子取名爲梅劍，這三位妹子是蘭劍、竹劍、菊劍。適才遇到昊天、朱天諸部姊妹，得知諸般情由。現下婢子已將獨尊廳大門關上了，這一干大膽作反的奴才如何處置，便請主人發落。」

羣豪聽她自稱爲四姊妹一胎孿生，這才恍然，怪不得四人相貌一模一樣，但見她四人容顏秀美，語音清柔，各人心中均生好感，不料說到後來，那梅劍竟說甚麼「一干大膽作反的奴才」，無禮之極。兩條漢子搶了上來，一人手持單刀，一人拿著一對判官筆，齊聲喝道：「小妞兒，你口中不乾不淨的放……」

突然間青光連閃，蘭劍、竹劍姊妹長劍掠出，跟著噹噹兩聲響，兩條漢子的手腕已給截斷，手掌連著兵刃掉在地下。這一招迅捷無倫，那二人手腕已斷，口中還在說道：「……甚麼屁！哎唷！」齊聲大叫，向後躍開，只洒得滿地都是鮮血。

二女一出手便斷了二人手腕，其餘各人雖頗有自忖武功比那兩條大漢要高得多的，卻也不敢貿然出手，何況眼見這座大廳四壁都是厚實異常的花崗巖，又不知廳中另有何等厲害機關，各人面面相覷，誰也沒作聲。

寂靜之中，忽然人叢中又有一人「嗬嗬嗬」的咆哮起來。衆人聽了，都知又有人身上的生死符催命來了。

羣豪相顧失色之際，一條鐵塔般的大漢縱跳而出，雙目盡赤，亂撕自己胸口衣服。許多人叫了起來：「鐵鰲島島主！鐵鰲島島主哈大霸！」那哈大霸口中呼叫，直如一頭受了傷的猛虎，他提起鐵缽般的拳頭，砰的一聲，將一張茶几擊得粉碎，隨即向菊劍衝去。

菊劍見到他可怖的神情，忘了自己劍法高強，心中害怕，一鑽頭便衝入了虛竹的懷中。哈大霸張開蒲扇般的大手，向梅劍抓來。這四個孿生姊妹心意相通，菊劍嚇得渾身發抖，梅劍早受感應，眼見哈大霸撲到，「啊」的一聲驚呼，躲到了虛竹背後。

哈大霸一抓落空，翻轉雙手，便往自己兩隻眼睛中挖去。虛竹叫道：「使不得！」衣袖揮出，拂中他臂彎，哈大霸雙手便即垂下。虛竹道：「這位兄台體內所種的生死符發作，在下來想法子給你解去。」當即使出「天山六陽掌」中的一招「陽歌天鈞」，在哈大霸背心「靈台穴」上一拍。哈大霸幾下劇震，全身宛如虛脫。

青光閃處，兩柄長劍分別向哈大霸刺到，正是蘭劍、竹劍二姝乘機出手。虛竹道：「不可！」夾手將雙劍奪過，喃喃念道：「糟糕，糟糕！不知他的生死符種在何處？」他雖學會了生死符的破解之法，究竟見識淺陋，看不出哈大霸身上生死符的所在，這一招「陽歌天鈞」又出力太猛，哈大霸竟經受不起。

哈大霸說道：「中……中在……懸樞……氣……氣海……絲……絲空竹……」適才虛竹一招「陽歌天鈞」，已令他神智恢復。

虛竹喜道：「你自己知道，那就好了。」當即以童姥所授法門，用天山六陽掌的純陽之力，將他懸樞、氣海、絲空竹三處穴道中的寒冰生死符化去。

哈大霸站起身來，揮拳踢腿，大喜若狂，突然撲翻在地，砰砰砰的向虛竹磕頭，說道：「恩公在上，哈大霸的性命，是你老人家給的，此後恩公但有所命，哈大霸赴湯蹈火，在所不辭。」虛竹對人向來恭謹，見哈大霸行此禮，忙跪下還禮，也砰砰砰的向他磕頭，說道：「在下不敢受此重禮，你向我磕頭，我也得向你磕頭。」哈大霸大聲道：「恩公快快請起，你向我磕頭，可真折殺小人了。」為了表示感激之意，又多磕幾個頭。虛竹見他又磕頭，當下又磕頭還禮。

兩人爬在地下，磕頭不休。猛聽得幾百人齊聲高叫：「給我破解生死符，給我破解生死符！」身上中了生死符的羣豪蜂擁而前，將二人團團圍住。一名老者將哈大霸扶起，說道：「不用磕頭啦，大夥兒都要請恩公療毒救命。」

虛竹見哈大霸站起，這才跟著站起，說道：「各位別忙，聽我一言。」霎時之間，大廳上更沒半點聲息。虛竹說道：「要破解生死符，須得確知此符所種的部位，各位自己知不知道？」

霎時間衆人亂成一團，有的說：「我知道！」有的說：「我中在委中穴、內庭穴！」有的說：「我全身發疼，他媽的也不知中在甚麼鬼穴道！」有的說：「我身上痲癢疼痛，每個月不同，這生死符會走！」

突然有人大聲喝道：「大家不要吵，這般嚷嚷的，虛竹子先生能聽得見麼？」出聲呼喝的正是羣豪之首的烏老大，衆人便即靜了下來。

虛竹道：「在下雖蒙童姥授了破解生死符的法門……」七八個人忍不住叫了起來：「妙極，妙極！」「吾輩性命有救了！」只聽虛竹續道：「……但辨穴認病的本事卻極膚淺。不過各位也不必躭心，倘若自己確知生死符部位的，在下逐一施治，助各位破解。就算不知，咱們慢慢琢磨，再請幾位精於醫道的朋友來一同參詳，總之要治好爲止。」

羣豪大聲歡呼，只震得滿廳中都是回聲。過了良久，歡呼聲才漸漸止歇。

梅劍冷冷的道：「主人應允給你們取出生死符，那是他老人家慈悲。可是你們大膽作亂，害得童姥離宮下山，在外仙逝，你們又來攻打縹緲峯，害死了我們鈞天部的不少姊妹，這筆帳卻又如何算法？」

羣豪面面相覷，都不禁氣沮，尋思梅劍所言確是實情，虛竹既是童姥的傳人，對衆人所犯下的大罪不能置之不理。有人便欲出言哀懇，但轉念一想，害死童姥、倒反靈鷲宮之罪何等深重，豈能哀求幾句，便能了事？話到口邊，又縮了回去。

烏老大道：「這位姊姊所責甚是有理，吾輩罪過甚大，甘領虛竹子先生責罰。」他摸準了虛竹的脾氣，知他忠厚老實，絕非陰狠毒辣的童姥可比，若由他出手懲罰，下手也必比梅蘭竹菊四劍爲輕，因之向他求告。羣豪中不少人便即會意，跟著叫了起來：「不錯，咱們罪孽深重，虛竹子先生要如何責罰，大家甘心領罪。」有些人想到生死符催命時的痛苦，竟然雙膝一曲，跪了下來。

虛竹渾沒了主意，向梅劍道：「梅劍姊姊，你瞧該當怎麼辦？」梅劍道：「這些都不是好人，害死了鈞天部這麼多姊妹，非叫他們償命不可。」

無量洞副洞主左子穆向梅劍深深一揖，說道：「姑娘，咱們身上中了生死符，實在慘不堪言，一聽到童姥姥她老人家不在峯上，不免著急，以致做錯了事，當眞悔之莫及。求你姑娘大人大量，向虛竹子先生美言幾句。」

梅劍臉一沉，說道：「那些殺過人的，快將自己的右臂砍了，這是最輕的懲戒了。」她話一出口，便覺自己發號施令，於理不合，轉頭向虛竹道：「主人，你說是不是？」虛竹覺得懲罰太重，卻又不想得罪梅劍，囁嚅道：「這個……這個……嗯……那個……」

人羣中忽有一人越衆而出，正是大理國王子段譽。他性喜多管閒事，評論是非，向虛竹拱了拱手，笑道：「仁兄，這些朋友們來攻打縹緲峯，小弟一直極不贊成，只不過說乾了嘴，也勸他們不聽。今日大夥兒闖下大禍，仁兄欲加罪責，倒也應當。小弟向仁兄討個差使，由小弟來將這些朋友們責罰一番如何？」

那日羣豪要殺童姥，歃血爲盟，段譽力加勸阻，虛竹是親耳聽到的，深知這位公子仁心俠膽，對他好生敬重，自己負了童姥給李秋水從千丈高峯打下來，也曾蒙他相救，何況自己正沒做理會處，聽他如此說，忙拱手道：「在下識見淺陋，不會處事。段公子肯出面料理，在下感激不盡。」

羣豪初聽段譽強要出頭來責罰他們，如何肯服？有些脾氣急躁的已欲破口大罵，待聽得虛竹竟一口應允，話到口邊，便都縮回去了。

段譽喜道：「如此甚好。」轉身面對羣豪說道：「衆位所犯過錯，實在太大，在下所定的懲罰之法，卻也非輕。虛竹子先生既讓在下處理，衆位若有違抗，只怕虛竹子老兄便不肯給你們拔去身上的生死符了。這第一條嘛，大家須得在童姥靈前，恭恭敬敬的磕上八個響頭，肅穆默念，懺悔前非，磕頭之時，如心中暗咒童姥者，罪加一等。」

虛竹喜道：「甚是，甚是！這第一條罰得很好。」

羣豪本來都怕這書獃子會提出甚麼古怪難當的罰法來，都自惴惴不安，一聽他說在童姥靈前磕頭，均想：「人死爲大，在她靈前磕幾個頭，又打甚緊？何況咱們心裏暗咒老賊婆，他又怎會知道？老子一面磕頭，一面暗罵老賊婆便是。」當即齊聲答應。

段譽見自己提出的第一條衆人欣然同意，精神一振，說道：「這第二條，大家須得在鈞天部諸死難姊姊的靈前行禮。殺傷過人的，必須磕頭，默念懺悔，還得身上掛塊麻布，服喪誌哀。沒殺過人的，長揖爲禮，虛竹子仁兄提早給他們治病，以資獎勵。」

羣豪之中，一大半手上沒在縹緲峯頂染過鮮血，首先答應。殺傷過鈞天部諸女之人，聽他說不過是磕頭服喪，比之梅劍要他們自斷右臂，懲罰輕了萬倍，自無異議。

段譽又道：「這第三條嗎，是要大家永遠臣服靈鷲宮，不得再生異心。虛竹子先生說甚麼，大家便得聽從號令。不但對虛竹子先生要恭敬，對梅蘭竹菊四位姊姊，以及靈鷲宮其他姊姊妹妹們，也得客客氣氣，化敵爲友，言語行爲，不得無禮。若有那一個不服，不妨上來跟虛竹子先生比上三招兩式，且看是他高明呢，還是你厲害！」

羣豪聽段譽這麼說，都歡然道：「當得，當得！」更有人道：「公子定下的罰章，未免太便宜了咱們，不知更有甚麼吩咐？」

段譽拍了拍手，笑道：「沒有了！」轉頭向虛竹道：「小弟這三條罰章定得可對？」

虛竹拱手連說：「多謝，多謝，對之極矣！」他向梅劍等人瞧了一眼，臉上頗有歉然之色。蘭劍道：「主人，你是靈鷲宮之主，不論說甚麼，婢子們都得聽從。你氣量寬洪，饒了這些奴才，心中可也不必對我們有甚麼不安。」虛竹一笑，道：「嗯，這個……我心裏還有幾句話，不知……不知該不該說？」

烏老大道：「三十六洞、七十二島，一向是縹緲峯的下屬，尊主有何吩咐，誰也不敢違抗。段公子所定的三條罰章，實在寬大之至。尊主另有責罰，大夥兒自然甘心領受。」

虛竹道：「在下年輕識淺，只不過承童姥姥指點幾手武功，『尊主』甚麼的，眞是愧不敢當。我有兩點意思，這個……這個……也不知道對不對，大膽說了出來，這個……請各位前輩琢磨琢磨。」他自幼至今一直受人指使差遣，向居人下，從來不會自己出甚麼主意，更從來不敢當衆說話，這幾句說得吞吞吐吐，語氣神色謙和之極。

梅蘭竹菊四姝均想：「主人怎麼啦，對這些奴才也用得著這麼客氣？」

烏老大道：「尊主寬洪大量，赦免了大夥兒的重罪，更對咱們這般謙和，衆兄弟便肝腦塗地，也難報恩德於萬一。尊主有命，便請吩咐罷！」

虛竹道：「是，是！我若說錯了，諸位不要……不要這個見笑。我想說兩件事。第一件嘛，好像有點私心，在下……在下出身少林寺，本來……本是個小和尚，請諸位今後行走江湖之時，不要向少林派的僧俗弟子們爲難。那是我向各位求一個情，不敢說甚麼命令。」

烏老大大聲道：「尊主有令：今後衆兄弟行走江湖，遇到少林派的大師父和俗家朋友們，須得好生相敬，千萬不可得罪了，否則嚴懲不貸。」羣豪齊聲應道：「遵命！」

虛竹見衆人答允，膽子便大了些，拱手道：「多謝，多謝！這第二件事，是請各位體念上天好生之德，我佛慈悲爲懷，不可隨便傷人殺人。各位雖然不是出家人，最好是有生之物都不要殺，螻蟻尚且惜命，最好連葷腥也不吃，不過這一節不大容易，也不是非吃素不可，連我自己也破戒吃葷了。因此……這個……那個殺人嘛，總之不好，還是不殺人的爲妙，只不過我……我也殺過人，所以嘛……」

烏老大大聲道：「尊主有令：靈鷲宮屬下一衆兄弟，今後不得妄殺無辜，胡亂殺生，否則重重責罰。」羣豪又齊聲應道：「遵命！」

虛竹連連拱手，說道：「我……我當眞感激不盡，話又說回來，各位多做好事，不做壞事，那也是各位自己的功德善業，必有無量福報。」向烏老大笑道：「烏先生，你幾句話便說得淸淸楚楚，我可不成。我先前用松球打傷了你，很對不住，你……你的生死符中在那裏？我先給你拔除了罷！」

烏老大所以干冒奇險，率衆謀叛，爲來爲去就是要除去體內的生死符，聽得虛竹答應爲他拔除，從此去了這爲患無窮的附骨之蛆，當眞不勝之喜，心中感激，曲膝便即拜倒。虛竹忙跪倒還禮，又問：「烏先生，你肚子上松球之傷，這可痊愈了麼？你服過童姥的『斷筋腐骨丸』，咱們也得想法子解了毒性才是。」

梅劍四姊妹開動機關，移開大門上巨巖，放了朱天、昊天、玄天九部諸女進入大廳。

風波惡和包不同大呼小叫，和鄧百川，公冶乾一齊進來。他四人出門尋童姥相鬥，卻撞到八部諸女。包不同言詞不遜，風波惡好勇鬥狠，三言兩語，便跟諸女動起手來。不久鄧百川、公冶乾加入相助，他四人武功雖強，但終究寡不敵衆，四人且鬥且走，身上都帶了傷，倘若大門再遲開片刻，梅蘭竹菊不出聲喝止，他四人若不遭擒，便難免喪生了。

慕容復自覺沒趣，帶同鄧百川等告辭下山。卓不凡和芙蓉仙子崔綠華卻不別而行。

虛竹見慕容復等要走，竭誠挽留。慕容復道：「在下得罪了縹緲峯，好生汗顏，承兄台不加罪責，已領盛情，何敢再行叨擾？」虛竹道：「那裏，那裏？兩位公子文武雙全，英雄了得，在下仰慕得緊，只想……只想……只想這個……向兩位公子領教。我……我實在笨得……那個要命。」

包不同適才與諸女交鋒，寡不敵衆，身上受了好幾處劍傷，正沒好氣，聽虛竹囉裏囉唆的留客，又聽慕容復低聲說他懷中藏了王語嫣的圖像，尋思：「這小賊禿假仁假義，身爲佛門子弟，卻對王姑娘暗起歹心，顯然是個不守清規的淫僧。」便道：「小師父留英雄是假，留美人是眞，何不直言要留王姑娘在縹緲峯上？」

虛竹愕然道：「你……你說甚麼？我要留甚麼美人？」包不同道：「你心懷不軌，難道姑蘇慕容家人人都是白痴麼？嘿嘿，太也可笑！」虛竹搔了搔頭，說道：「我不懂先生說些甚麼，不知甚麼事可笑？」

包不同雖身在龍潭虎穴之中，但一激發了他的執拗脾氣，早將生死置於度外，大聲叫道：「你這小賊禿，你是少林寺的和尚，既是名門弟子，怎麼又改投邪派，勾結一衆妖魔鬼怪？我瞧著你便生氣。一個和尚，逼迫幾百名婦女做你妻妾情婦，兀自不足，卻又打起王姑娘的主意來！我跟你說，王姑娘是我家慕容公子的人，你癩蝦蟆莫想吃天鵝肉，乘早收了歹心的好！」怒火上衝，拍手頓足，指著虛竹鼻子大罵。

虛竹莫名其妙，道：「我……我……我……」忽聽得呼呼兩聲，烏老大挺起綠波香露鬼頭刀，哈大霸舉起一柄大鐵椎，齊聲大喝，雙雙向包不同撲來。

慕容復心知虛竹既允為這些人解去生死符之毒，已得羣豪死力，倘若混戰起來，凶險無比，見烏老大和哈大霸同時撲到，晃身搶上，使出「斗轉星移」功夫，一帶之間，鬼頭刀砍向哈大霸，而大鐵椎砸向烏老大，噹的一聲猛響，兩般兵刃激得火花四濺。慕容復反手在包不同肩頭輕輕一推，將他推出丈餘，向虛竹拱手道：「得罪，告辭了！」身形晃處，已到大廳門口。他適才見過門口的機關，倘若那巨巖再移過來擋住了大門，那便只有任人宰殺了。

虛竹忙道：「公子慢走，決不……不是這個意思……我……」慕容復雙眉一挺，轉過身來，朗聲說道：「閣下是否自負天下無敵，要指點幾招麼？」虛竹連連搖手，道：「不……不敢……」慕容復道：「在下不速而至，來得冒昧，閣下眞的非留下咱們不可麼？」虛竹搖頭道：「不……不是……是的……唉！」

慕容復站在門口，傲然瞧著虛竹、三十六洞、七十二島羣豪，以及梅蘭竹菊四劍、九天九部諸女。羣豪及諸女為他氣勢所懾，一時竟沒人上前邀鬥。隔了半晌，慕容復袍袖一拂，道：「走罷！」昂然跨出大門。王語嫣、鄧百川等五人跟了出去。

烏老大憤然道：「尊主，倘若讓他活著走下縹緲峯，大夥兒還用做人嗎？請尊主下令攔截。」虛竹搖頭道：「算了。我……我眞不懂，爲甚麼他忽然生這麼大的氣……」烏老大道：「那麼待屬下去擒了那位王姑娘來。」虛竹忙道：「不可，不可！」

王語嫣見段譽未出大廳，回頭道：「段公子，再見了！」

段譽一震，胸口酸楚，喉頭似乎塞住了，勉強說道：「是，再……再見了。我……我還是跟你一起……」眼見她背影漸漸遠去，更不回頭，耳邊只響著包不同那句話：「他說王姑娘是慕容公子的人，叫旁人乘早死了心，不可癩蝦蟆想吃天鵝肉。不錯，慕容公子臨出廳門之時，神威凜然，何等英雄氣概！他一舉手間便化解了兩個勁敵的招數，又是何等深湛的武功！以我這等手無縛鷄之力的人，到處出醜，如何在她眼裏？王姑娘那時瞧著她表哥的眼神臉色，眞是深情款款，既敬仰，又愛慕，我……我段譽，當眞不過是一隻癩蝦蟆罷了。」

一時之間，大廳上怔住了兩人，虛竹是滿腹疑雲，搔首踟躕，段譽是悵惘別離，黯然魂銷。兩人呆呆的茫然相對。

過了良久，虛竹一聲長嘆。段譽跟著一聲長嘆，說道：「仁兄，你我同病相憐，這銘心刻骨的相思，卻何以自遣？」虛竹一聽，不由得滿面通紅，以爲他知道自己「夢中女郎」的艷蹟，囁嚅問道：「段……段公子，你卻又如……如何得知？」

段譽道：「不知子都之美者，無目者也。不識彼姝之美者，非人者也。愛美之心，人皆有之。仁兄，你我同是天涯淪落人，此恨綿綿無絕期！」說著又是一聲長嘆。他認定虛竹懷中私藏王語嫣的圖像，自是和自己一般，對王語嫣傾倒愛慕，適才慕容復和虛竹衝突，當然也是爲著王語嫣了，又道：「仁兄武功絕頂，可是這情之一物，只講緣份，不論文才武藝，倘若無緣，說甚麼也不成的。」

虛竹喃喃道：「是啊，佛說萬法由緣生，一切只講緣份……不錯……那緣份……當眞是可遇不可求……是啊，一別之後，茫茫人海，卻又到那裏找去？」他說的是「夢中女郎」，段譽卻認定他是說王語嫣。兩人各有一份不通世俗的獃氣，竟越說越投機。

靈鷲宮諸女擺開筵席，虛竹和段譽便攜手入座。諸洞島羣豪是靈鷲宮下屬，自然誰也不敢上來和虛竹同席。虛竹不懂款客之道，見旁人不過來，也不出聲相邀，只和段譽講論。

段譽全心全意沉浸在對王語嫣的愛慕之中，沒口子的誇獎，說她性情如何和順溫婉，姿容如何秀麗絕俗。虛竹只道段譽在誇獎他的「夢中女郎」，不敢問他如何認得，更不敢出聲打聽這女郎的來歷，一顆心卻怦怦亂跳，尋思：「我只道童姥一死，天下便沒人知道這位姑娘的所在，天可憐見，段公子竟然認得。但聽他之言，對這位姑娘也充滿了愛慕之情、思戀之意，我若吐露風聲，曾和她在冰窖之中有過一段因緣，段公子勢必大怒，離席而去，我便再也打聽不到了。」聽段譽沒口子誇獎這位姑娘，正合心意，便也隨聲附和，其意甚誠。

兩人各說各的情人，纏夾在一起，只因誰也不提這兩位姑娘名字，言語中的榫頭居然接得絲絲入扣。虛竹道：「段公子，佛家道萬法都是一個緣字。經云：『諸法從緣生，諸法從緣滅。我佛大沙門，常作如是說。』達摩祖師有言：『衆生無我，苦樂隨緣』，如有甚麼賞心樂事，那也是『宿因所構，今方得之。緣盡還無，何喜之有？』」段譽道：「是啊！『得失隨緣，心無增減』！話雖如此說，但吾輩凡夫，怎能修得到這般『得失隨緣，心無增減』的境地？」

大理國佛法昌盛，段譽自幼誦讀佛經，兩人你引一句《金剛經》，我引一段《法華經》，自寬自慰，自傷自嘆，惺惺相惜，同病相憐。梅蘭竹菊四姝不住輪流上來斟酒。段譽喝一杯，虛竹便也喝一杯，嘮嘮叨叨的談到半夜。羣豪起立告辭，由諸女指引歇宿之所。虛竹和段譽酒意都有八九分了，仍對飲講論不休。

那日段譽和蕭峯在無錫城外賭酒，以內功將酒水從小指中逼出，此刻借酒澆愁，卻是眞飲，迷迷糊糊的道：「仁兄，我有一位結義金蘭的兄長，姓喬名峯，此人當眞是大英雄、眞豪傑，武功酒量，無雙無對。仁兄倘若遇見，必然也愛慕喜歡，只可惜他不在此處，否則咱三人結拜爲兄弟，共盡意氣之歡，實爲平生快事。」

虛竹從不喝酒，全仗內功精湛，這才連盡數斗不醉，但心中飄飄盪盪地，說話舌頭也大了，本來拘謹膽小，忽然豪氣陡生，說道：「段公子若是……那個不是……不是瞧不起我，咱二人便先結拜起來，日後尋到喬大哥，再拜一次便了。」段譽大喜，道：「妙極，妙極！咱兩個先將喬大哥結拜在內便了。兄長幾歲？」

二人敘了年紀，虛竹大了三歲。段譽叫道：「二哥，受小弟一拜！」推開椅子，跪拜下去。虛竹急忙還禮，腳下一軟，向前直摔。

段譽見他摔跌，忙伸手相扶，兩人無意間眞氣一撞，都覺對方體中內力充沛，急忙自行收斂克制。這時段譽酒意已有十分，腳步踉蹌，站立不定。突然之間，兩人哈哈大笑，互相摟抱，滾跌在地。段譽道：「二哥，小弟沒醉，咱倆再來喝他一百杯！」虛竹道：「小兄自當陪三弟喝個痛快。」段譽道：「人生得意須盡歡，莫使金樽空對月，哈哈，會須立盡三百杯！」兩人越說越迷糊，終於都醉得人事不知。

香灰漸漸散落，露出地下一隻黃銅手掌，五指宛然，掌緣指緣閃閃生光，燦爛如金，掌背卻呈灰綠色。

三九　解不了　名韁繫嗔貪

虛竹次日醒轉，發覺睡在一張溫軟的床上，睜眼向帳外看去，見是處身於一間極大的房中，空蕩蕩地，倒與少林寺的禪房差不多，房中陳設古雅，銅鼎陶瓶，也有些類似少林寺中的銅鐘鐵爐。這時兀自迷迷糊糊，於眼前情景，惘然不解。

一個少女托著一隻瓷盤走到床邊，正是蘭劍，說道：「主人醒了？請漱漱口。」

虛竹宿酒未消，只覺口中苦澀，喉頭乾渴，見碗中盛著一碗黃澄澄的茶水，拿起便喝，入口甜中帶苦，卻無茶味，便骨嘟骨嘟的喝個清光。他一生中那裏嘗過甚麼參湯？也不知是甚麼苦茶，歉然一笑，說道：「多謝姊姊！我……我想起身了，請姊姊出去罷！」蘭劍尚未答口，房門外又走進一個少女，卻是菊劍，微笑道：「咱姊妹二人服侍主人換衣。」說著從床頭椅上拿起一套淡青色的內衣內褲，塞入虛竹被中。

虛竹大窘，滿臉通紅，說道：「不，不，我……我不用姊姊們服侍。我又沒受傷生病，只不過是喝醉了，唉，這一下連酒戒也犯了。經云：『飲酒有三十六失。』以後最好不飲。三弟呢？段公子呢？他在那裏？」

蘭劍抿嘴笑道：「段公子已下山去了。臨去時命婢子稟告主人，說道待靈鷲宮中諸事定當之後，請主人赴中原相會。」

虛竹叫聲：「啊喲！」說道：「我還有事問他呢，怎地他便走了？」心中一急，從床上跳了起來，要想去追趕段譽，問他「夢中女郎」的姓名住處，突然見到自身穿著一套乾乾淨淨的月白小衣，「啊」的一聲，又拉被子蓋上身，驚道：「我怎地換了衣衫？」他從少林寺中穿出來的是套粗布內衣褲，穿了半年，早已破爛污穢不堪，現下身上所服，著體輕柔，也不知是綾羅還是綢緞，但總之是貴重衣衫。

菊劍笑道：「主人昨晚醉了，咱四姊妹服侍主人洗澡更衣，主人不知道麼？」

虛竹更大吃一驚，抬頭見到蘭劍、菊劍，人美似玉，笑靨勝花，不由得心中怦怦亂跳，一伸臂間，內衣從手臂間滑了上去，露出隱隱泛出淡紅的肌膚，顯然身上所積的污垢泥塵都已給洗擦得乾乾淨淨，他兀自存了一線希望，強笑道：「我真醉得胡塗了，幸好自己居然還會洗澡。」蘭劍笑道：「昨晚主人一動也不會動了，是我們四姊妹幫主人洗的。」虛竹「啊」的一聲大叫，險些暈倒，重行臥倒，連呼：「糟糕，糟糕！」

蘭劍、菊劍給他嚇了一跳，齊問：「主人，甚麼事不對啦？」虛竹苦笑道：「我是個男人，在你們四位姊妹面前……那個赤身露體，豈不……豈不糟糕之極？何況我全身老泥，又臭又髒，怎可勞動姊姊們做這等污穢之事？」蘭劍道：「咱四姊妹是主人的女奴，便爲主人粉身碎骨也所應當，奴婢犯了過錯，請主人責罰。」說罷，和菊劍一齊拜伏在地。

虛竹見她二人大有畏懼之色，想起余婆、石嫂等人，也曾爲自己對她們以禮相待，因而嚇得全身發抖，料想蘭劍、菊劍也是見慣了童姥的詞色，只要言辭稍和，面色略溫，立時便有殺手相繼，便道：「兩位姊……嗯，你們快起來，你們出去罷，我自己穿衣，不用你們服侍。」蘭菊二人站起身來，淚盈於眶，倒退著出去。

虛竹心中奇怪，問道：「我……是我得罪了你們麼？你們爲甚麼不高興，眼淚汪汪的？怕是我說錯了話，這個……」菊劍道：「主人要我姊妹出去，不許我們服侍主人穿衣盥洗，定是討厭了我們……」說著珠淚滾滾而下。虛竹連連搖手，說道：「不，不是的。唉，我是男人，你們是女的，那個……那個不太方便……的的確確沒有他意……我佛在上，出家人不打誑語，我決不騙你們。」

蘭劍、菊劍見他指手劃腳，說得情急，其意甚誠，不由得破涕爲笑，齊聲道：「主人莫怪。靈鷲宮中向無男人居住，我們更從來沒見過男子。主人是天，奴婢們是地，又有甚麼男女之別？」二人盈盈走近，服侍虛竹穿衣著鞋。不久梅劍與竹劍也走了進來，一個給他梳頭，一個給他洗臉。虛竹嚇得不敢作聲，臉色慘白，心中亂跳，只好任由她四姊妹擺布，再也不敢提一句不要她們服侍的話。

他料想段譽已經去遠，追趕不上，又想洞島羣豪身上生死符未除，不能就此猝然離去，用過早點後，便到廳上和羣豪相見，爲兩個痛得最厲害之人拔除了生死符。

拔除生死符須以眞力使動「天山六陽掌」，虛竹眞力充沛，縱使連拔十餘人，也不會疲累，可是童姥在每人身上所種生死符的部位、內力各不相同，虛竹細思拔除之法，卻頗感煩難。他於經脈、穴道之學所知甚淺，又不敢隨便動手，若有差失，不免讓受治者反蒙危害。到得午間，竟只治了四人。食過午飯後，略加休息。

梅劍見他皺起眉頭，沉思拔除生死符之法，頗爲勞心，便道：「主人，靈鷲宮後殿石窟之中，有數百年前舊主人遺下的石壁圖像，婢子曾聽姥姥言道，這些圖像與生死符有關，主人何不前去一觀？」虛竹喜道：「甚好！」

當下梅蘭竹菊四姝引導虛竹來到花園之中，扳動機括，移開一座假山，現出地道入口，梅劍高舉火把，當先領路，五人魚貫而進。一路上梅劍在隱蔽處不住按動機括，使預伏的暗器陷阱不致發動。那地道曲曲折折，盤旋向下，有時豁然開朗，現出一個巨大的石窟，可見地道是依著山腹中天然的洞穴而開成。虛竹心想：「她們說石窟中有數百年前舊主人遺下的圖像，這些地道、石窟建構宏偉，少說也是數十年之功，且耗費人力物力極巨，當非靈鷲宮中這些婆婆姊姊們所能爲，多半也是舊主人所遺下的了。」

竹劍道：「這些奴才攻進宮來，鈞天部的姊姊們都給擒獲，我們四姊妹眼見抵敵不住，便逃到這裏躲避，只盼到得天黑，再設法去救人。」蘭劍道：「其實那也只是我們報答姥姥的一番心意罷了。主人倘若不來，我們終究都不免喪生於這些奴才之手。」

行了二里有餘，梅劍伸手推開左側一塊巖石，讓在一旁，說道：「主人請進，裏面便是石室，婢子們不敢入內。」虛竹道：「爲甚麼不敢？裏面有危險麼？」梅劍道：「不是有危險。這是本宮重地，婢子們不敢擅入。」虛竹道：「一起進來罷，有甚麼要緊？外邊地道好窄，站著很不舒服。」四姝相顧，均有驚喜之色。

梅劍道：「姥姥仙去之前，曾對我姊妹們說道，倘若我四姊妹忠心服侍，並無過犯，又能用心練功，那麼到我們四十歲時，便許我們每年到這石室中一日，參研石壁上的武功。就算主人恩重，不廢姥姥當日的許諾，那也是二十三年之後的事了。」

虛竹道：「再等二十三年，豈不氣悶煞人？到那時你們也老了，再學甚麼武功？一齊進去罷！」四姝大喜，當即伏地跪拜。虛竹道：「請起，請起！這裏地方狹窄，我跪下還禮，大家擠成一團了。」

五人走進石室，只見四壁巖石打磨光滑，石壁上刻滿了無數徑長尺許的圓圈，每個圈中都刻了各種各樣的圖形，有的是人像，有的是獸形，有的是殘缺不全的文字，更有些只是記號和線條，圓圈旁注著「甲一」、「甲二」、「子一」、「子二」等數字，圓圈之數若不逾千，至少也有八九百個，一時卻那裏看得周全？

竹劍道：「咱們先看甲一之圖，主人說是嗎？」虛竹點頭稱是。五人舉起火把，端相編號「甲一」的圓圈，虛竹一看之下，便認出圈中所繪，是天山折梅手第一招的起手式，道：「這是『天山折梅手』。」看甲二時，果真是天山折梅手的第二招，依次看下去，天山折梅手圖解完後，便是天山六陽掌的圖解，童姥在西夏皇宮中所傳的各種歌訣奧秘，盡皆注在圓圈之中。

石壁上天山六陽掌之後的武功招數，虛竹就沒學過。他按著圖中所示，運起眞氣，只學得數招，身子便輕飄飄地凌虛欲起，但似乎甚麼地方還差了一點，以致沒法離地。

正當凝神運息、萬慮俱絕之時，忽聽得「啊、啊」兩聲驚呼，虛竹一驚回頭，但見蘭劍、竹劍二姝身形晃動，跟著摔倒。梅菊二姝手扶石壁，臉色大變，搖搖欲墮。虛竹忙將蘭竹二姝扶起，驚問：「怎麼啦？」梅劍道：「主……主人，我們功力低微，不能看這裏的……這裏的圖形……我……我們在外面伺候。」四姝扶著石壁，慢慢走出石室。

虛竹呆了一陣，跟著走出，見四姝在甬道中盤膝而坐，正自用功，身子顫抖，臉現痛苦神色。虛竹知她們已受頗重內傷，當即使出天山六陽掌，在每人背心穴道上輕拍幾下。一股陽和渾厚的力道透入各人體內，四姝臉色登時平和，不久各人先後睜眼，叫道：「多謝主人耗費功力，爲婢子治傷。」翻身拜倒，叩謝恩德。虛竹忙伸手相扶，道：「那……那是怎麼回事？怎麼好端端地會受傷昏暈？」

梅劍嘆了口氣，說道：「主人，當年姥姥要我們到四十歲之後，才能每年到這石室中來看圖一日，原來大有深意。圖譜上的武功太深奧，婢子們不自量力，照著『甲一』圖中所示一練，內力不足，立時便走入了經脈岔道。若不是主人解救，我四姊妹只怕便永遠癱瘓了。」蘭劍道：「姥姥對我們期許很切，盼望我姊妹到了四十歲後，便能習練這上乘武功，可是……可是婢子們資質庸劣，便算再練二十三年，也未必敢再進這石室。」

虛竹道：「原來如此，那卻是我的不是了，我不該要你們進去。」四劍又拜伏請罪，齊道：「主人何出此言？那是主人的恩德，全怪婢子們狂妄胡爲。」

菊劍道：「主人功力深厚，練這些高深武學卻大大有益。姥姥在石室之中，往往經月不出，便是揣摩石壁上的圖譜。」梅劍又道：「三十六洞、七十二島那些奴才們逼問鈞天部的姊妹們，要知道姥姥藏寶的所在。諸位姊姊寧死不屈。我四姊妹本想將他們引進地道，發動機關，將他們盡數聚殲其中，但恐這些奴才中有破解機關的能手，倘若進了石室，見到石壁圖解，那就遺禍無窮。早知如此，讓他們進來反倒好了。」

虛竹點頭道：「確實如此，這些圖解若讓功力不足之人見到了，那比任何毒藥利器更有禍害，幸虧他們沒進來。」蘭劍微笑道：「主人眞好心，依我說啊，要是讓他們一個個練功而死，那才好看呢。」

虛竹道：「我練了幾招，只覺精神勃勃，內力充沛，正好去給他們拔除一些生死符。你們上去睡一睡，休息一會。」五人從地道中出來，虛竹回入大廳，拔除了三人的生死符。

此後虛竹每日爲羣豪拔除生死符，一感精神疲乏，便到石室中去修習上乘武功。四姝在石室外相候，再也不敢踏進一步。虛竹每日亦抽暇指點四姝及九部諸女的武功。

如此直花了二十餘天時光，才將羣豪身上的生死符拔除乾淨，而虛竹每日精研石壁上的圖譜，內力與武功同時俱進，比之初上縹緲峯時已大有長進。

羣豪當日臣服於童姥，乃遭強行收服，身上給種了生死符，爲其所制，不得不然，此時靈鷲宮易主，虛竹以誠相待，以禮相敬，又解除了各人身上苦痛難當的毒害，羣豪雖都是桀傲不馴的人物，卻也感恩懷德，心悅誠服，誓死效忠，一一拜謝而去。

待得各洞主、各島主分別下山，峯上只賸下虛竹一個男子。他暗自尋思：「我自幼便是孤兒，全仗寺中師父們撫養成人，倘若從此不回少林，太也忘恩負義。我須得回到寺中，向方丈和師父領罪，才合道理。」當下向四姝及九部諸女說明原由，即日便要下山，靈鷲宮中一應事務，吩咐由九部之首的余婆、石嫂、符敏儀等人會商處理。

四姝意欲跟隨服侍，虛竹道：「我回去少林，重做和尚。和尚有婢女相隨服侍，天下焉有是理？」說之再三，四姝總不肯信。虛竹拿起剃刀，將頭髮剃個清光。四姝無奈，只得與九部諸女一齊送到山下，洒淚而別。

虛竹換上了舊僧衣，邁開大步，東去嵩山。以他的性情，路上自不會去招惹旁人，而他這般一個衣衫敝舊的青年和尚，盜賊歹人也決不會來打他的主意。一路無話，太太平平的回到了少林寺。

他重見少林寺屋頂的黃瓦，心下不禁又感慨，又慚愧，一別數月，自己幹了不少違反清規戒律之事，殺戒、淫戒、葷戒、酒戒，不可赦免的「波羅夷大戒」無一不犯，不知方丈和師父是否能夠見恕，許自己再回寺門。

他心下惴惴，進了山門後，便去拜見親傳師父慧輪。慧輪見他回來，又驚又喜，問道：「方丈差你出寺下書，怎麼到今天才回？」

虛竹俯伏在地，痛悔無已，放聲大哭，說道：「師父，弟子……弟子眞是該死，下山之後，把持不定，將師父……師父平素的教誨，都……都不遵守了。」慧輪臉上變色，問道：「怎……怎麼？你沾了葷腥麼？」虛竹道：「是，還不只沾了葷腥而已。」慧輪罵道：「該死，該死！你……喝了酒麼？」虛竹道：「弟子不但喝酒，還喝得爛醉如泥。」慧輪嘆了口氣，兩行淚水從面頰上流下，道：「我看你從小忠厚老實，怎麼一到外面花花世界，便竟墮落如此，咳咳……」虛竹見師父傷心，更加惶恐，道：「師父在上，弟子所犯戒律，更有勝於這些的，還……還犯了……」還沒說到犯了殺戒、淫戒，突然鐘聲噹噹響起，每兩下短聲，便略一間斷，乃召集慧字輩諸僧的訊號。

慧輪起身擦了擦眼淚，說道：「你犯戒太多，我也沒法迴護於你。你……你……自行到戒律院去領罪罷！這一下連我也有大大的不是。唉，這……」說著匆匆奔出。

虛竹來到戒律院前，躬身稟道：「弟子虛竹，違犯佛門戒律，恭懇掌律長老賜罰。」他說了兩遍，院中走出一名中年僧人，冷冷的道：「首座和掌律師叔有事，沒空來聽你的，你跪在這裏等著罷！」虛竹道：「是！」這一跪自中午直跪到傍晚，竟沒人過來理他。幸好虛竹內功深厚，雖不飲不食的跪了大半天，仍渾若無事，沒絲毫疲累。

耳聽得暮鼓響起，寺中晚課之時已屆，虛竹低聲唸經懺悔過失。那中年僧人走過來，說道：「虛竹，這幾天寺中正有大事，長老們沒空來處理你的事。我瞧你長跪唸經，還真有虔誠悔悟之意。這樣罷，你先到菜園子去挑糞澆菜，靜候吩咐。等長老們空了之後，再叫你來問明實況，按情節輕重處罰。」

虛竹恭恭敬敬的道：「是，多謝慈悲。」合什行禮，這才站起，心想：「不將我立即逐出寺門，看來事情還有指望。」心下甚慰。

他走到菜園子中，向管菜園的僧人道：「師兄，小僧虛竹犯了本門戒律，戒律院的師叔罰我來挑糞澆菜。」

那僧人名叫緣根，並非從少林寺出家，因此不依「玄慧虛空」字輩排行。他資質平庸，既不能領會禪義，練武也沒甚麼長進，平素最喜多管瑣碎事務。這菜園子有兩百來畝地，三四十名長工，他統率人衆，倒也威風凜凜，遇到有僧人從戒律院裏罰到菜園來做工，更是他大逞威風的時候。他一聽虛竹之言，心下甚喜，問道：「你犯了甚麼戒？」虛竹道：「犯戒甚多，一言難盡。」緣根怒道：「甚麼一言難盡，兩言難盡？我叫你老老實實，給我說個明白。莫說你是個沒職司的小和尙，便是達摩院、羅漢堂的首座犯了戒，只要是罰到菜園子來，我一般要問個明白，誰敢不答？我瞧你啊，臉上紅紅白白，定是偷吃葷腥，是也不是？」

虛竹道：「正是。」緣根道：「哼，你瞧，我一猜便著。說不定私下還偷酒喝呢，你不用賴，要想瞞我，可沒這麼容易。」虛竹道：「正是，小僧有一日喝酒喝得爛醉如泥，人事不知。」緣根笑道：「嘖嘖嘖，眞正大膽。嘿嘿，灌飽了黃湯，那便心猿意馬，這『色即是空，空即是色』八個字，定然也置之腦後了。你心中便想女娘們，是不是？不但想一次，至少也想了七次八次，你敢不敢認？」說時聲色俱厲。

虛竹嘆道：「小僧何敢在師兄面前撒謊？不但想過，而且犯過淫戒。」緣根又驚又喜，戟指大罵：「你這小和尚忒也大膽，竟敢敗壞我少林寺的清譽。除了淫戒，還犯過甚麼？偷盜過沒有？取過別人財物沒有？跟人打過架、吵過嘴沒有？」

虛竹低頭道：「小僧殺過人，而且殺了不止一人。」

緣根大吃一驚，臉色大變，退了三步，聽虛竹說殺過人，而且所殺的不止一人，登時心驚膽戰，生怕他狂性發作動粗，自己多半不是敵手，定了定神，滿臉堆笑，說道：「本寺武功天下第一，既然練武，難免失手傷人，師弟的功夫，當然非常了得啦。」

虛竹道：「說來慚愧，小僧所學的本門功夫，已全然遭廢，眼下是半點也不賸了。」

緣根大喜，連道：「那很好，那很好！好極，妙極！」聽說他本門功夫已失，只道他犯戒太多，給本寺長老廢去了武功，登時便換了一番臉色。但轉念又想：「雖說他武功已廢，但若尚有幾分剩餘，還是不易對付。」說道：「師弟，你到菜園來做工懺悔，那也極好。可是咱們這裏規矩，凡是犯了戒律、手上沾過血腥的僧侶，做工時須得戴上腳鐐手銬。這是列祖列宗傳下來的規矩，不知師弟肯不肯戴？倘若不肯，由我去稟告戒律院便了。」虛竹道：「規矩如此，小僧自當遵從。」

緣根心下暗喜，取出鋼銬鋼鐐，給他戴上。少林寺數百年來傳習武功，自難免有不肖僧人為非作歹，而這些犯戒僧人往往武功極高，不易制服，是以戒律院、懺悔堂、菜園子各地，都備得有精鋼鑄成的銬鐐。緣根見虛竹戴上銬鐐，心中大定，罵道：「賊和尙，瞧不出你小小年紀，居然如此膽大妄爲，甚麼戒律都去犯上一犯。今日不重重懲罰，如何出得我心中惡氣？」折下一根樹枝，沒頭沒腦的便向虛竹頭上抽來。

虛竹收斂眞氣，不敢以內力抵禦，讓他抽打，片刻之間，便給打得滿頭滿臉都是鮮血。他不住口的唸佛，臉上無絲毫不愉之色。

緣根見他既不閃避，更不抗辯，心想：「這和尙果然武功盡失，我大可作踐於他。」想到虛竹大魚大肉、爛醉如泥的淫樂，自己空活了四十來歲，從未嘗過這種滋味，妒忌之心不禁油然而生，下手更加重了，直打斷了三根樹枝，這才罷手，惡狠狠的道：「你每天挑一百擔糞水澆菜，只消少了一擔，我用硬扁擔、鐵棍子打斷你兩腿。」

虛竹苦受責打，心下反而平安，自忖：「我犯了這許多戒律，原該重責，責罰越重，我身上的罪孽便化去越多。」恭恭敬敬的應道：「是！」走到廊下提了糞桶，便去挑糞加水，在畦間澆菜。這澆菜是一瓢瓢的細功夫，虛竹毫不馬虎，勻勻淨淨、仔仔細細的灌澆，直到深夜一百桶澆完，才在柴房中倒頭睡覺。

第二日天還沒亮，緣根便過來拳打腳踢，將他鬧醒，罵道：「賊和尙，懶禿！青天白日的，卻躲在這裏睡覺，快起來劈柴去。」虛竹道：「是！」也不抗辯，便去劈柴。如此一連數日，日間劈柴，晚上澆糞，苦受折磨，全身傷痕累累，也不知已吃了幾百鞭。

這日早晨，虛竹正在劈柴，緣根走近身來，笑嘻嘻的道：「師兄你辛苦啦？」取過鑰匙，給他打開了銬鐐。虛竹道：「也不辛苦。」提起斧頭又要劈柴。緣根道：「師兄不用劈了，師兄請到屋裏用飯。小僧這幾日多有得罪，當真該死，還求師兄原宥。」

虛竹聽他口氣忽然大變，頗感詫異，抬起頭來，只見他鼻青目腫，顯是曾給人狠狠的打了一頓，更覺奇怪。緣根苦著臉道：「小僧有眼不識泰山，得罪了師兄，師兄如不原諒，我……我……便大禍臨頭了。」虛竹道：「小僧自作自受，師兄責罰得極當。」

緣根臉色一變，舉起手來，啪啪啪啪，左右開弓，在自己臉上重重打了四記巴掌，求道：「師兄，師兄，求求你行好，大人不記小人過，我……我……」說著又是啪啪連聲，痛打自己臉頰。虛竹大奇，問道：「師兄此舉，卻是何意？」

緣根雙膝一曲，跪倒在地，拉著虛竹的衣裾，道：「師兄若不原諒，我……我一對眼珠便不保了。」虛竹道：「我當眞半點也不明白。」緣根道：「只要師兄饒恕了我，不挖去我眼珠子，小僧來生變牛變馬，報答師兄的大恩大德。」虛竹道：「師兄說那裏話來？我幾時說過要挖你眼珠？」緣根臉如土色，道：「師兄既一定不肯相饒，小僧有眼無珠，只好自求了斷。」說著右手伸出兩指，往自己眼中揷落。

虛竹伸手抓住他手腕，道：「是誰逼你自挖眼珠？」緣根滿額是汗，顫聲道：「我……我不敢說，倘若說了，他……他們立即取我性命。」虛竹道：「是方丈麼？」緣根道：「不是。」虛竹又問：「是達摩院首座？羅漢堂首座？戒律院首座？」緣根都說不是，並道：「師兄，我是不敢說的，只求你饒恕了我。他們說，我要想保全這對眼珠子，只有求你親口答允饒恕。」說著偷眼向旁一瞥，滿臉都是懼色。

虛竹順著他眼光瞧去，只見廊下坐著四名僧人，一色灰布僧袍、灰布僧帽，臉孔朝裏，瞧不見相貌。虛竹尋思：「難道是這四位師兄？想來他們必是寺中大有來頭之人遣來，懲罰緣根擅自作威作福，責打犯戒的僧人。」便道：「我不怪罪師兄，早就原諒了你。」緣根喜從天降，當即跪下磕頭。虛竹忙跪下還禮，說道：「師兄快請起。」

緣根站起身來，恭恭敬敬的將虛竹請到飯堂之中，親自斟茶盛飯，殷勤服侍。虛竹推辭不得，眼見若不允他服侍，緣根似乎便會遭逢大禍，也就由他。

緣根低聲道：「師兄要不要喝酒？要不要吃狗肉？我去給師兄弄來。」虛竹驚道：「阿彌陀佛，罪過，罪過，這如何使得？」緣根眨一眨眼，道：「一切罪業，全由小僧獨自承當便是。我這便去設法弄來，供師兄享用。」虛竹搖手道：「不可，不可！萬萬不可。」

緣根陪笑道：「師兄若嫌在寺中取樂不夠痛快，不妨便下山去，戒律院中問起來，小僧便說是派師兄出去採辦菜種，一力遮掩，決無後患。」虛竹聽他越說越不成話，搖頭道：「小僧誠心懺悔以往過誤，一應戒律，再也不敢違犯。師兄此言，不可再提。」

緣根道：「是。」臉上滿是懷疑神色，似乎在說：「你這酒肉和尚怎麼假惺惺起來，到底是何用意？」但不敢多言，服侍他用過齋飯，請他到自己的禪房宿息。一連數日，緣根都竭力伺候，恭敬得無以復加。

這天虛竹食罷早飯，緣根泡了壺清茶，說道：「師兄，請用茶。」虛竹道：「小僧是待罪之身，師兄如此客氣，教小僧如何克當？」站起身來，雙手去接茶壺。

忽聽得鐘聲鏜鏜大響，連續不斷，是召集全寺僧眾的訊號。除了每年佛誕、達摩祖師誕辰等幾日之外，寺中向來極少召集全體僧眾。緣根有些奇怪，說道：「方丈鳴鐘集眾，咱們都到大雄寶殿去罷。」虛竹道：「正是。」隨同菜園中的十來名僧人，匆匆趕到大雄寶殿。只見殿上已集了二百餘人，其餘僧眾仍不斷進來。片刻之間，全寺千餘僧人都已集在殿上，各按行輩排列，人數雖多，卻靜悄悄地鴉雀無聲。

虛竹排在「虛」字輩中，見各位長輩僧眾都神色鄭重，心下惴惴：「莫非我所犯戒律太大，是以方丈大集寺眾，要重重懲罰？瞧這聲勢，似乎要破門將我逐出寺去，那便如何是好？」正慄慄危懼間，只聽鐘聲三響，諸僧齊宣佛號：「南無釋迦如來佛！」

方丈玄慈與玄字輩的六位高僧，陪著另外六名僧人，從後殿緩步而出。殿上僧眾一齊躬身行禮。玄慈等七僧與那六僧先參拜了殿上佛像，然後分賓主坐下。

虛竹抬起頭來，認得本寺六位玄字輩高僧乃玄渡、玄寂、玄止、玄因、玄垢、玄石六人，此外尚有其他玄字輩高僧坐在下首。那另外六僧年紀都已不輕，服色與本寺不同，是別處寺院來的客僧，坐在首位的老僧約莫七十來歲年紀，身形矮小，雙目炯炯有神，顧盼之際極具威嚴。

玄慈朗聲向本寺僧眾說道：「這位是五台山清涼寺方丈神山上人，大家參見了。」眾僧聽了，都是一凜，躬身向神山上人行禮。眾僧大都知道神山上人在武林中威名極盛，與玄慈大師並稱「降龍」、「伏虎」兩羅漢，據說武功與玄慈方丈在伯仲之間。只清涼寺規模較小，在武林中的位望更遠遠不及少林，聲望便不如玄慈了，均想：「聽說神山上人自視極高，曾說僧人而過問武林中俗務，不免落了下乘，向來不願跟本寺打甚麼交道，今日親來，不知是為了甚麼大事。」

玄慈伸手向著其餘五僧，逐一引見，說道：「這位是開封府大相國寺觀心大師，這位是江南普渡寺道清大師，這位是廬山東林寺覺賢大師，這位是長安淨影寺融智大師，這位是五台山清涼寺神音大師，是神山上人的師弟。」觀心大師等四僧都來自名山古剎，只大相國寺、普渡寺等向來重佛法而輕武功，這四僧雖武林中大大有名，在其本寺的位份卻並不高。少林寺眾僧躬身行禮，觀心大師等起身還禮。

玄慈說道：「六位大師都是佛門的有道大德。今日同時降臨，實為本寺重大光寵，故此召集大家出來見見。甚盼六位大師開壇說法，宏揚佛義，合寺眾僧，同受教益。」

神山上人道：「不敢當！」他身形矮小，話聲竟然奇響，衆僧不由得都是一驚，但他既不是放大了嗓門叫喊，亦非運使內力，故意要震人心魄，乃是自自然然，天生的說話高亢。他接著道：「少林莊嚴寶剎，小僧心儀已久，六十年前便來投拜求戒，卻給拒之於山門之外。六十年後重來，垣瓦依舊，人事已非，可嘆啊可嘆！」

衆僧聽了，心中都是一震，他這幾句話頗含敵意，難道竟是前來尋仇生事不成？

玄慈說道：「原來師兄昔年曾來少林寺出家。天下寺院都是一家，師兄今日主持清涼，凡我佛門子弟，無不崇仰。當年少林寺未敢接納，得罪了師兄，小僧恭謹謝過。但師兄因此另創天地，弘法普渡，有大功德於佛門。當年之事，也未始不是日後的因緣呢。」說著雙手合什，深深一禮。

神山上人合什還禮，說道：「小僧當年來到寶剎求戒，固然是仰慕少林寺數百年執武林牛耳，武學淵深，更要緊的是，天下傳言少林寺戒律精嚴，處事平正。」突然雙目一翻，精光四射，仰頭瞧著佛祖的金像，冷冷的道：「豈知世上儘有名不副實之事。早知如此，小僧當年也不會有少林之行了。」

少林寺千餘僧衆一齊變色，只少林寺戒律素嚴，雖人人憤怒，竟沒半點聲息。

玄慈方丈道：「師兄何出此言？敝寺上下，若有行事乖謬之處，還請師兄明言。有罪當罰，有過須改。師兄一句話抹煞少林寺數百年清譽，未免太過。」神山上人道：

「請問方丈師兄，少林僧侶弟子衆多，遍於天下，不論武功強弱，是否均須遵守武林道義，不得恃強欺弱？」玄慈道：「自當如此，貴寺弟子，諒必也是這般。」

神山眼望如來佛像，說道：「我佛在上，『妄語』乃佛門重戒！」轉頭向玄慈方丈道：「出得江湖，無處不見少林弟子。敝派清涼寺門戶窄小，衆僧侶日常所務，重在修習佛法，禮佛參禪，武功傳承可遠不及少林寺了。不過凡是從清涼寺出去的僧俗弟子，人數雖少，卻均嚴守敝派戒律，不敢濫傷無辜，戒殺戒盜。少林派弟子衆多，難免良莠不齊，戒律廢弛，亦在所不免，可惜，可惜！可嘆，可嘆！」說著連連搖頭。

少林羣僧聽了，盡皆變色。虛竹聽神山指摘少林弟子「良莠不齊，戒律廢弛」，當是指自己破犯葷戒、淫戒、殺戒等等而言，一顆心只嚇得怦怦大跳，心想方丈若坦言查究，自己必須直陳諸般罪行，絕不可推諉掩飾，又多犯了一項「妄語戒」。

玄慈道：「請問師兄，何所據而云然？請師兄指出實證，敝派自當盡力追究整肅。」

神山嘆了口長氣，說道：「倘若只是朝夕間之事，師兄寺大事忙，疏忽失察，那也情有可原。然而這件事由來已久，受害者屍骨已寒，普天下沸沸揚揚，羣情洶湧，貴派卻視而不見，聽而不聞，莫非自恃是武林中最大門派，旁人無可奈何，這豈不是很有點『強兇霸道』嗎？難道今後江湖之上，唯力是恃，只要人多勢衆，就可爲所欲爲嗎？」說時神色嚴峻，語氣更咄咄逼人。

玄慈神情淡然，不動聲色，緩緩的道：「師兄所指，是那一件事？請道其詳。」

神山道：「敝派門中有一位徐師兄徐沖霄，是小僧的師兄。他輩份甚高，爲人忠厚誠實，多年前投入丐幫，勤勤懇懇，積功升爲九袋長老，在丐幫中素來受人敬仰，丐幫歷任幫主，對他都好生看重。前年四月間，丐幫在江南無錫聚會，說到幫主喬峯身世之事，徐師兄不畏強禦，挺身而出，拿了丐幫前任幫主汪劍通的一封舊書信出來，證明喬峯乃契丹胡虜。丐幫大義滅親，廢了喬峯的幫主之位，此事震動當世，武林之中可說無人不知。徐師兄做這件事，明知兇險之極。喬峯武功驚人，出手殘忍狠辣，又兼是少林弟子，師門勢力龐大，學武之人無不畏懼。徐師哥爲國爲民，挺身揭露這個大陰謀，確是把性命豁出去了。

「果然到前年七月初，徐師兄在家中給人害死。他上身胸背肋骨齊斷，顯是給少林派剛猛掌力擊斃的。丐幫的幾位長老查得清楚，寫信到清涼寺來，要小僧主持公道。小僧心想少林派是天下武學正宗，戒律精嚴，既出了這等不肖子弟，自當妥爲料理，整肅門戶，用不著旁人多嘴多舌。但清涼寺等得望穿秋水，始終見少林寺一無示意，這才迫不得已，約請了大相國寺、普渡山、東林寺、淨影寺諸位大師一同前來少林，想請問方丈大師，到底是甚麼原因？」說罷，雙目炯炯直視玄慈方丈，竟不少瞬。

玄慈轉頭向戒律院首座玄寂大師道：「玄寂師弟，請你向六位高僧述說其中原由。」

玄寂應道：「是。」從座上站起。他執掌戒律，向來鐵面無私，合寺僧衆見了他無不畏懼三分。虛竹這時已知講的不是自己，但仍不敢向他望上一眼。

只聽玄寂朗聲道：「丐幫徐長老年高德劭，武林中衆所敬仰，他老人家在衛輝家中爲人殺害，我們聞之均感震悼。方丈師兄當即委派小僧，會同玄渡師兄、玄因師兄、玄生師弟，四人連夜趕往衛輝徐長老府上，負責查明眞相，倘若確知是喬峯下的手，便即會同玄垢師兄、玄石師弟，他們兩位正奉方丈之命，追查喬峯害死玄苦師兄的大逆案，命我們六人合力，或擒或殺，誅除喬峯，以肅嚴規。」觀心、道淸、覺賢、融智等四位高僧聽到這裏，連連點頭，說道：「原該如此。」

神音大師問道：「後來怎樣？」

玄寂說道：「我們四人趕到衛輝時，玄垢、玄石兩位還沒到，我們在客棧中等了一天，到第二天七月初七他兩位才到。我們六人一碰頭，玄垢師兄便道：『徐長老決不是喬峯殺的！』」神山、神音等都是一驚，齊問：「何以見得？」

玄垢站起身來，道：「我佛慈悲！那日喬峯在少林寺中大鬧一場，我們沒能將他擒住，給他脫身逃走，我和玄石師弟二人奉了方丈師兄之命，暗中追蹤喬峯。那日他在聚賢莊上會鬥羣雄，只因方丈師兄嚴命，我二人乃是要查明喬峯的作爲與下落，不可出手和他朝相搏戰，因此我二人並未參與聚賢莊一役。說來慚愧，見了喬峯的身手後，就算我二人與玄難師兄聯手出擊，也不過跟他打個平手，不見得能將他打敗或擒獲。後來喬峯爲一名黑衣大漢救入深山中養傷，我二人不敢走近，只在遠處遙遙眺望。

「喬峯直養了二十多天傷，出洞後便向北行。那時我二人不穿僧裝，改穿了常人衣服，不動聲色的隨在他後面。喬峯此人十分精明，我們不敢跟得太近，好在他只沿大路行走，倒也不難追蹤，即使隔了大半里路，到後來仍能跟住了他。他向北出了雁門關，跟那個瘦骨伶仃的小姑娘會齊了。兩人進關後住了客店，第二天出得房來，竟變成兩個毫不起眼的大漢。若不是我們親眼瞧見他二人從那房中出來，還眞不知這二人便是喬峯和那小姑娘……」

神山問道：「他二人一路上都同房而宿？」玄垢應道：「是的。」神山又問：「同床沒有？」玄垢道：「那就不知道了。出家人非禮勿視，不敢去窺探旁人陰私。」神山冷冷的道：「那麼倘若半夜裏他二人悄悄的走了，你們也不會知道了？」玄垢道：「小僧和玄石師弟宿在他們隔壁房裏，輪班守夜，每人只睡半夜，他們如要溜走，我們有方丈師兄法旨在身，不敢輕忽。」神山道：「請問玄石大師怎麼說？」

玄石走上前來，說道：「小僧玄石，奉了方丈法旨，與玄垢師兄負責監視喬峯的動靜。喬峯和那小姑娘阿朱會合後，一路上倒也沒甚事故。他二人一路向南，我和玄垢師兄遠遠跟著，儘量不跟他朝相，倒也不費甚麼力。這天七月初三，咱四人都在渭州的招商客棧中歇宿，聽得隔房那阿朱道：『今兒我包餃子給你下酒，包你好過客棧中做的！』喬峯甚喜，連說：『好極，好極！』阿朱就上街買肉買白菜，包起餃子來。喬峯不斷讚阿朱的手藝好，這天比平日多喝了點酒。只聽阿朱在旁勸酒：『一到河南，酒就不好了，沒河東那樣好的汾酒。』」

玄垢道：「世上的事，往往越是不經意，越會有出其不意的事來到頭上。我和玄石師弟不敢怠慢，仍然只睡半夜，嚴加防備。那一晚只聽得喬峯鼾聲如雷，睡到大天光還在打呼。阿朱起身後服侍他洗臉喝豆漿、吃大餅。喬峯那天興致倒好，說了不少河南的傍子笑話。阿朱不懂，喬峯就給她解說。玄石師弟聽到一個笑話時險些笑出聲來，我忙伸手去捂住他嘴，才沒出事。這晚的事我記得很清楚，那天是七月初三。喬峯於七月初四離開渭州，我們遠遠躡著，一路上從沒離開片刻，在七月初七才抵衛輝。」

神山冷冷的道：「你日子記得這麼清楚，只因徐長老是七月初三晚上給人殺害的？」玄垢道：「正是！那天在衛輝客棧中，玄寂師兄說起徐長老的遇害時間。我便說：『如果是七月初三晚上死的，就不是喬峯殺的，如果是喬峯殺的，那就決不是七月初三！』玄寂師兄道：『徐長老的兒子和媳婦，七月初三晚上服侍他老人家上床安息，到初四早晨，卻見徐長老肋骨齊斷，死在床上了。』」

神山問道：「日子沒記錯麼？」玄寂道：「這件事至關要緊，我們是到徐長老家裏詳細問明了的。」

玄石接著道：「七月初七乞巧節，丐幫在衛輝開弔，祭奠徐長老，我二人也去上祭，盼能聽到甚麼線索。我們叩了頭，見靈牌之前供著一根粗大的石杵，上面塗了鮮血。我們請問丐幫同道，原來這根石杵是在徐長老家中尋到的兇器，徐長老屍骸上胸背肋骨齊斷，就是用這石杵椿斷的。我和玄垢師兄辭出後，兩人均想：『喬峯若要出手傷害徐長老，降龍廿八掌一擊即可，不必用甚麼石杵。』

「我二人出得門來，逕自又去跟躡喬峯，遙遙望見喬峯從濬河邊停靠的一艘船中出來。我們見那艘船的船身急速下沉，已一半入水，當即搶進船艙，只見譚公、譚婆夫婦和趙錢孫三人都已死在船中。這三人多半便是喬峯殺的，當眞罪大惡極！我們趕回客棧，告知玄寂師兄等四位。玄寂師兄道：『說甚麼也不能再讓喬峯殺害良善，憑我們師兄弟六人，必得阻止他再行兇作惡。』我們搶在頭裏，要先到山東泰安單家莊，打他個以逸待勞。我們騎了快馬，比喬峯早到了片刻。可是我們到時，單家莊中已然起火，我們搶進莊去，見到鐵面判官單正、他的兩個兒子都已屍橫就地，全莊男女數十口，或割去首級、或肩背中刀，無一得免。我們察看單正的屍身，見單正也是胸背肋骨齊斷，心肺碎裂，乃是中了極剛猛的拳力而死。」

神山冷冷的道：「是大金剛拳吧？」玄慈方丈道：「不是！少林派中，只老衲一人會使大金剛拳。那單判官絕非老衲所傷。」神山哼了一聲，道：「不是方丈所傷？」玄慈搖頭道：「不是！大金剛拳也不將人打得心肺碎裂。」

玄垢道：「我們將單判官的屍身放好，幫同救火，不久四鄰鑼聲響起，大夥兒都救火來了。我們當即退出，在莊外遠遠望見喬峯和阿朱騎著馬來了。我們親眼目睹，殺單正的另有其人，早在喬峯到達單家莊之前兩個多時辰，單氏父子和他幾十個家人都早已給人殺了。至於去天台山止觀寺保護智光大師，方丈師兄另行派得有人。我們見喬峯帶同阿朱向南方而去，便不再跟蹤，自行回寺。」

玄寂、玄垢、玄石等僧在武林中數十年來威名素著，正直無私，衆所周知，他們既這麼說，神山等僧聽了絕無懷疑。

神山上人問道：「止觀寺智光大師命喪少林派『摩訶指』之下，不知方丈師兄有何解說？」玄慈合什當胸，緩緩說道：「我佛慈悲！智光大師是服毒圓寂的。他所服毒藥是尋常的砒霜，是他弟子樸者和尚從天台縣城的仁濟藥店中，分作十天慢慢取來的。他取藥乃奉智光大師的囑咐，對藥店說是師父要合藥。智光大師在浙東名聞遐邇，人人敬仰，樸者和尚去藥店取藥，藥店從不敢推辭，亦不肯收錢。」

只見玄渡大師站起身來，說道：「方丈師兄曾派小僧前往天台山查究。智光大師確是服砒霜自盡。小僧細問那樸者和尚，他哭哭啼啼，說不知師父命他取藥是要自盡，早知如此，他該用甘草粉冒充砒霜。他說有一位喬大爺和阮姑娘，確是來見過師父。師父對他們客客氣氣，說了好一會話，他們離開之後，才發覺師父已然圓寂。到了晚上，法身才眼鼻流血。沒想到第二天早晨，卻見到師父眼珠凸出，後腦骨碎裂，卻不知那一個惡人，半夜裏偷偷來殘害師父法體。他說沒好好保護師父法體，對不起師父，大力掌摑自己。我對他說，殘害大師法體之人，武功異常了得，以極剛猛指力點了大師法身的左右太陽穴，就算你拚了命，也阻不住他。不料這樸者和尚自怨自艾，竟爾上吊死了。」說著長嘆一聲。

神山道：「那喬峯來見智光大師，自是要逼問雁門關外那帶頭大哥的姓名。智光大師不肯說，他便以『摩訶指』傷了大師。眼珠凸出，後腦骨碎裂，可不是中了『摩訶指』的情狀嗎？」玄慈道：「不是喬峯。」神山道：「還請方丈師兄指點其中原由。」

玄慈緩緩說道：「神山師兄垂詢，何以得知智光大師並非中了喬峯的摩訶指力。只因喬峯是在少林派學的武功，他學過降魔掌，便不能再學摩訶指，這兩門武功相反，不能並存於一身。」神山緩緩搖頭，說道：「少林武功，當眞有如此精微分別？」玄慈道：「這中間的分別，本來是有記載的。降魔掌和摩訶指，在敝寺均列於七十二絕技，一者輕柔，一者剛猛，極難並學齊練。玄生師弟，請你去藏經閣，將這兩門的法功心要取來，請神山上人和諸位大師指點。」

當年神山上人到少林寺求師，還只一十七歲。少林寺方丈靈門禪師和他接談之下，便覺他鋒芒太露，我慢貢高之氣極盛，器小易盈，不是傳法之人，若在寺中做個尋常僧侶，他又必不能甘居人下，日後定生事端，是以婉言相拒。神山這才投到清涼寺中，他才能傑出，只三十歲時便做了清涼寺方丈。此人聰明穎悟，算得是武林中的奇才，不過清涼寺的武學淵源遠遜於少林，寺中所藏的拳經劍譜、內功秘要等等，不但爲數有限，且大部分粗疏簡陋，不是第一流功夫。四十多年來他內功日深，早已遠遠超過清涼寺上代所傳武學典籍中所載，但拳劍功夫，終究有所不足，每當想起少林派的七十二絕技，總不自禁又艷羨，又惱恨。是以徐長老一死，便想藉故來向少林寺尋釁，於是大邀幫手。但各處高僧一聽說是到少林寺興師問罪，多加推託，不肯參預，神光費了長時期水磨功夫，才邀到大相國寺、東林寺、淨影寺各處名寺的高僧。這時聽玄慈方丈命人去取降魔掌與摩訶指兩大絕技的典籍，心下甚喜，暗想今日當有機緣一見少林絕技的面目。

玄生道：「是！」轉身出殿，過不多時，便即取到，交給玄慈。大雄寶殿和藏經閣相距幾達三里，玄生在片刻間便將經書取到，輕功了得，身手敏捷之極。外人不知內情，也不以爲異，少林寺衆僧卻無不暗自讚嘆。

那兩部經書紙質黃中發黑，顯是年代久遠。玄慈將經書放上方桌，說道：「衆位師兄請看，兩部經書中各自敘明創功的經歷，以及功法的要旨。」說著將《降魔掌法》與

《摩訶指祕要》兩部鈔本分別交給神山上人和觀心大師。兩人恭謹接過翻閱，見序文中述說兩門神功創建的由來，「降魔掌」爲少林寺第八代方丈元元大師所創，出掌輕柔，若有若無。「摩訶指法」則是在少林寺掛單四十年的七指頭陀所創，因係外來頭陀，功法與少林派傳統功夫大不相同，純走剛猛路子，書中諄諄告誡，凡已練少林佛門柔功者決不可練，否則內息極易走岔，如師承照護不善，難免嘔血，重傷難治。

玄慈方丈待二僧看了一會，將鈔本傳交道清、覺賢二位大師，等六僧都看了序文，說道：「各位大師，敝寺雖有七十二項絕技，但一來每一項功法均極難練，縱是天資卓異之人，一生亦不易練成一項，何況各項絕技練到精處高處，總之不過在武學上勝人一籌而已，既能以甲門功夫勝人，便不必再以乙門功夫勝人，至於丙門、丁門，更加不必去練了。敝寺歷代祖師傳法授徒，均以佛法爲首，武學爲末，僧衆若孜孜鑽研武功，於佛法的參悟修爲必定有礙。就算是俗家弟子，敝寺也向來不教他修練一門絕技以上，以免他貪多務得，深中貪毒。喬峯曾由玄苦師弟授以『降魔掌』，玄苦師弟自己不會『摩訶指法』，喬峯亦未跟別的少林僧學過武功，此節老衲深知，決無錯誤。本寺玄字輩師兄弟以及下一輩武功較高的僧侶，大都自羅漢拳學起，學到降魔掌或般若掌而止。老衲在四十歲上見獵心喜，學了大金剛拳，內力走了剛猛路子，自此練般若掌便生窒礙，至今好生後悔。」

突然外面一個清朗的聲音遠遠傳來，說道：「諸位高僧相聚少林寺講論武功，實乃盛事。小僧能否有緣做個不速之客，在旁恭聆雙方高見麼？」一字一句，清清楚楚的送入各人耳中。聲音來自山門之外，入耳如此清晰，卻又中正平和，並不震人耳鼓，說話者內功之高之純，可想而知；而他身在遠處，卻又如何得聞大殿中的講論？

玄慈微微一怔，便運內力說道：「既是佛門同道，便請光臨。」又道：「玄鳴、玄石兩位師弟，請代我迎接嘉賓。」玄鳴、玄石二人躬身道：「是！」剛轉過身來，待要出殿，門外那人已道：「迎接是不敢當。今日得會高賢，委實不勝之喜。」

他每說一句，聲音便近了數丈，剛說完「之喜」兩個字，大殿門口已出現了一位寶相莊嚴的中年僧人，雙手合什，面露微笑，說道：「吐蕃國山僧鳩摩智，參見少林寺方丈。」

羣僧見到他如此身手，本已驚異之極，待聽他自己報名，許多人都「哦」的一聲，說道：「原來是吐蕃國國師大輪明王到了！」

玄慈站起身來，搶上兩步，合什躬身，說道：「國師遠來東土，實乃有緣。」便爲神山、觀心、道清等客來大師，玄寂、玄渡等少林高輩僧侶逐一引見。

衆僧相見罷，玄慈在正中設了一個座位，請鳩摩智就座。鳩摩智略一謙遜，便即坐了，這一來，他是坐在神山的上首。旁人倒也沒甚麼，神山卻暗自不忿：「你這番僧裝神弄鬼，未必便有甚麼眞實本領，待會倒要試你一試。」

鳩摩智道：「小僧適才在山門外聽到玄慈大師講論武功，宏法高論，深受教益，只其中一節，小僧卻不敢苟同。」玄慈道：「敬請國師指點開示。」

鳩摩智微微一笑，說道：「方丈大師言道，少林寺縱使是俗家弟子，也往往不敎他修習一門以上的絕技，以免他貪多務得，深中貪毒。但以小僧愚見，少林寺這項規矩，只怕是太死板了些，限制了才智卓絕之士上窺高深武學之路。在這規矩之下，只怕少林七十二絕技難以發揚光大，再過得千百年，不免仍是如此這般。就拿『摩訶指』和『般若掌』兩項絕技來說，其實兩者兼通，又有何難？就算一人身兼七十二門絕技，也並非決無可能？」他娓娓說來，似乎心平氣和，但話中之意，顯已對少林武學心生藐視。少林羣僧聽了，均感不忿。

玄生朗聲道：「據國師所言，有人以一身而能兼通敝派七十二門絕技？」鳩摩智點頭道：「不錯！」玄生道：「敢問國師，這位大英雄是誰？」鳩摩智道：「大英雄之稱，殊不敢當。」玄生變色道：「便是國師？」鳩摩智點頭合什，神情肅穆，道：「正是！」

這兩字一出口，羣僧盡皆變色，均想：「此人大言炎炎，一至於此，莫非是瘋了？」

少林七十二門絕技有的專練下盤，有的專練輕功，有的以拳掌見長，有的以暗器取勝，或刀或棒，每一門各有各的特長，使劍者不使禪杖，擅大力神拳者不擅收發暗器，精於腿上功夫的，拳掌之道不免稍遜。雖有人同精三四門絕技，那也是以互相並不牴觸為限。少林諸高僧固所深知，神山、道清等也皆洞曉。要說一身兼擅七十二絕技，自是欺人之談。

少林七十二門絕技之中，更有十三四門異常難練，縱是天資極高之人，畢生苦修一門，也未必一定能夠練成。此時少林全寺僧衆千餘人，以千餘僧衆所會者合併，七十二絕技也數不周全。眼看鳩摩智不過五十來歲年紀，就說每年能練成一項絕技，一出娘胎算起，那也得七十二年功夫，這七十二項絕技每一項都艱深繁複之極，難道他竟能在一年之中練成數項？

玄生心中暗暗冷笑，臉上仍不脫恭謹之色，說道：「國師並非我少林派中人，然則摩訶指、般若掌、大金剛拳等幾項功夫，卻也精通麼？」

鳩摩智微笑道：「不敢，還請玄生大師指教。」一身形略側，左掌突然平舉，右拳呼的一聲直擊而出，如來佛座前一口燒香的銅鼎受到拳勁，鏜的一聲，跳了起來，正是大金剛拳法中的一招「洛鐘東應」。拳不著鼎而銅鼎發聲，還不算如何艱難，這一拳明明是向前擊出，銅鼎卻向上跳，可見拳力之巧，實已深得「大金剛拳」的祕要。

鳩摩智不等銅鼎落下，左手反拍一掌，姿勢正是般若掌中的一招「懾伏外道」，銅鼎在空中轉了半個圈子，啪的一聲，有甚麼東西落下來，只是鼎中有許多香灰跟著散開，煙霧瀰漫，一時看不清是甚麼物事。其時「洛鐘東應」這一招餘力垂盡，銅鼎急速落下，鳩摩智伸出大拇指向前一捺，一股凌厲的指力射將過去，銅鼎突然向左移開了半尺。鳩摩智連捺三下，銅鼎移開了一尺又半，這才落地。

少林衆高僧心下嘆服，知他這三捺看似平凡無奇，其中所蘊蓄的功力實已超凡入聖，正是摩訶指的正宗招數，叫作「三入地獄」。那是說修習這三捺時用功之苦，每捺一下，便如入了一次地獄一般。

香灰漸漸散落，露出地下一塊手掌大的物事來，衆僧一看，不禁都驚叫一聲，那物事是一隻黃銅手掌，五指宛然，掌緣指緣閃閃生光，燦爛如金，掌背卻呈灰綠色。

鳩摩智袍袖一拂，笑道：「這『袈裟伏魔功』練得不精之處，還請方丈師兄指點。」一句話方罷，他身前七尺外的那口銅鼎竟如活了一般，忽然連打幾個轉，轉定之後，本來向內的一側轉而向外，但見鼎身正中剜去了一隻手掌之形，割口處也是黃光燦然。輩份較低的羣僧這才明白，鳩摩智適才使到般若掌中「懾伏外道」那一招之時，掌力有如寶刀利刃，竟在鼎上割下了手掌般的一塊。

霎時之間，大殿上寂靜無聲，人人均爲鳩摩智的絕世神功所鎭懾。

過了良久，玄慈長嘆一聲，說道：「老衲今日始知天外有天，人上有人。老衲數十年苦學，在國師眼中，實不足一哂。少林寺的舊規矩，只怕大有修正餘地。」

鳩摩智不動聲色，只合什說道：「善哉，善哉！方丈師兄何必太謙？」

少林合寺僧衆卻個個垂頭喪氣，都明白方丈給逼到要說這番話，不但自認少林派武功技不如人，一向自豪稱雄的所謂七十二絕技，也不過爾爾而已。而且所定規矩也未必合理恰當。少林派數百年來享譽天下，執中原武學之牛耳。這麼一來，不但少林寺一敗塗地，亦使中土武人在番人之前大丟臉面。神山、觀心、道淸、覺賢、融智、神音諸僧也均覺面目無光。

殿上諸般事故，虛竹一一瞧在眼裏，待聽方丈說了那幾句話後，本寺前輩僧衆個個神色慘然。他斜眼望看師父慧輪時，但見他淚水滾滾而下，實是傷心已極。他雖不明其中關節，但也知鳩摩智適才顯露的武功，本寺無人能敵，方丈無可奈何，只有自認不如。

可是他心中卻有一事大惑不解。眼見鳩摩智使出大金剛拳拳法、般若掌掌法、摩訶指指法，招數是對是錯，他沒學過這幾門功夫，自是沒法知曉，但運用這拳法、掌法、指法的內功，他卻瞧得淸淸楚楚，那顯然是「小無相功」。

這小無相功他得自無崖子，後來天山童姥在傳他天山折梅手的歌訣之時，發覺他身有此功，曾大爲惱怒傷心，因此功她師父只傳李秋水一人，虛竹既從無崖子身上傳得，則無崖子和李秋水之間的干係不問可知。天山童姥息怒之後，曾對他說過「小無相功」的運用之法，但童姥所知也屬有限，直到後來他在靈鷲宮地下石室的壁上圓圈之中，才體會到「小無相功」的高深祕奧。

「小無相功」是道家之學，講究清靜無爲，神遊太虛，較之佛家武功中的「無住無著」之學，名雖略同，實質大異。虛竹聽鳩摩智自稱精通本派七十二門絕技，然而施展之時，明明不過是以一門小無相功，使動般若掌、摩訶指、大金剛拳等招數，只因小無相功威力強勁，一使出便鎭懾當場，在不會這門內功之人眼中，便以爲他眞的精通少林派各門絕技。實則七十二門絕技中，般若掌有般若掌的內功，摩訶指有摩訶指的內功，大金剛拳有大金剛拳的內功，涇渭分明，截不相混。這雖非魚目混珠，小無相功的威力也決不在任何少林絕技之下，但終究是指鹿爲馬，混淆是非。虛竹心覺奇怪的是，此事明顯已極，少林寺自方丈以下，千餘僧衆竟無一人直斥其非。

他可不知這小無相功博大精深，又是道家武學，大殿上卻全是佛門弟子，武功再高，也不會去修習道家內功，何況「小無相功」以「無相」兩字爲要旨，不著形相，無跡可尋，若非本人也是此道高手，決計看不出來。玄慈、玄寂、玄渡等自也察覺鳩摩智的內功與少林內功頗有不同，但想少林武學源於天竺，天竺與中土所傳略有差異，自屬常情。地隔萬里，時隔數百年，少林絕技又多經歷代高僧興革變化，兩者倘仍一模一樣，反不合道理了，是以絲毫不起疑心。

虛竹初時只道眾位前輩師長別有深意，他是第三輩的小和尚，如何敢妄自出頭？然眼見形勢急轉直下，眾師長盡皆悲怒沮喪，無可奈何，本寺顯然面臨重大劫難，便欲挺身而出，指明鳩摩智所施展的不是少林派絕技。但二十餘年來，他在寺中從未當眾說過一句話，在大殿中一片森嚴肅穆的氣象之下，話到口邊，不禁又縮了回去。

只聽鳩摩智道：「方丈既如此說，那是自認貴派七十二門絕技，中間不免大有毛病，甚或根本並非貴派自創，這個『絕』字，須得改一改了。」

玄慈默然不語，心中如受刀剜。

玄字班中一個身形高大的老僧厲聲說道：「國師已佔上風，本寺方丈亦自認本寺舊傳規矩可改，何以仍如此咄咄逼人，不留絲毫餘地？」正是玄止。

鳩摩智微笑道：「小僧不過想請方丈應承一句，以便遍告天下武林同道。以小僧之見，少林寺不妨從此散了，諸位高僧分投清涼、普渡諸處寺院託庇安身，各奔前程；便欲投身吐蕃國改修密宗佛法，拜於上師喇嘛座下，小僧也可代爲設法先容。豈非勝在浪得虛名的少林寺中苟且偷安？」

他此言一出，少林羣僧涵養再好，也都忍耐不住，紛紛大聲呵斥。羣僧這時方始明白，這鳩摩智上得少室山來，竟是要以一人之力將少林寺挑了，不但他自己名垂千古，也使得中原武林從此少了一座重鎮，於他吐蕃國大有好處。

只聽他朗聲說道：「小僧孤身來到中土，本意想見識一下少林寺的風範，且看這號稱中原武林泰山北斗之地，是怎樣一副莊嚴宏偉的氣象。但聽了諸位高僧的言語，看了各位高僧的舉止，嘿嘿嘿，似乎還及不上僻處南疆的大理國天龍寺。唉！這可令小僧大失所望了。」

玄字班中有人說道：「大理天龍寺枯榮大師和本因方丈佛法淵深，凡我釋氏弟子，無不仰慕。出家人早無競勝爭強之念，國師說我少林不及天龍，豈足介意？」說著緩步而出，乃是個滿面紅光的老僧。他右手食指與拇指輕輕搭住，臉露微笑，神色溫和。

鳩摩智也即臉露笑容，說道：「久慕玄渡大師的『拈花指』絕技練得出神入化，今日得見，幸何如之。」說著右手食拇兩指也輕輕搭住，作拈花之狀。二僧左手同時緩緩伸起，向著對方彈了三彈。只聽得波波波三響，指力相撞。玄渡大師身子一晃，突然間胸口射出三支血箭，激噴數尺，兩股指力較量之下，玄渡不敵，給鳩摩智三股指力都中在胸口，便如是利刃所傷。

玄渡大師為人慈和，極得寺中小輩僧侶愛戴。虛竹十六歲那年，曾奉派為玄渡掃地烹茶，服侍了他八個月。玄渡待他甚為親切，還指點了他一些羅漢拳的拳法。此後玄渡閉關參禪，虛竹極少再能見面，但往日情誼，長在心頭。這時見他突爲指力所傷，知救援稍遲，立有性命之憂，他曾得蘇星河授以療傷之法，後來又學了破解生死符的祕訣，熟習救傷扶死之道，見玄渡胸口鮮血噴出，不暇細想，晃身搶到玄渡對面，虛托一掌。其時相去只一瞬之間，三股血水尚未落地，經他掌力一逼，竟又迅速回入玄渡胸中。虛竹左手如彈琵琶，一陣輪指虛點，頃刻間封了玄渡傷口上下左右的十一處穴道，鮮血不再湧出，再將一粒靈鷲宮的治傷靈藥九轉熊蛇丸餵入他口中。

當日虛竹得段延慶指點，破解無崖子所布下的珍瓏棋局之時，鳩摩智曾見過他一面，此刻突然見他越衆而出，以輪指虛點，封閉玄渡的穴道，手法之妙，功力之強，竟爲自己生平所未見，不由得大吃一驚。

慧方等六僧那日見虛竹發掌擊死玄難，又見他做了外道別派的掌門人，種種怪異之處，沒法索解，當即負了玄難屍身，回到少林寺中。玄慈方丈與衆高僧詳加查詢，得悉玄難是死於丁春秋「三笑逍遙散」的劇毒，與虛竹的掌擊無涉，久候虛竹不歸，派了十多名僧人出外找尋，也始終未見他蹤影。

虛竹回寺之日，適逢少林寺又遇重大變故，丐幫幫主莊聚賢竟遣人下帖，要少林派奉他爲中原武林盟主。玄慈連日與玄字輩、慧字輩羣僧籌商對策，實不知那名不見經傳的莊聚賢是何等樣人物。丐幫是江湖上第一大幫會，人數既衆，實力亦強，向來又以俠義自任，與少林派互相扶持，主持江湖正氣、武林公道，突然要強居於少林派之上，倒令衆高僧不知如何應付才是。虛竹的師父慧輪見方丈和一衆師伯、師叔有要務在身，便不敢稟告虛竹回寺、連犯戒律之事。是以他在園中挑糞澆菜，衆高僧也均不知，這時突然見他顯示高妙手法，倒送鮮血回入玄渡體內，人人自均驚異。

虛竹說道：「師伯祖，你且不要運氣，以免傷口出血。」撕下自己僧袍，裹好了他胸口傷處。玄渡苦笑道：「大輪明王……的……拈花指功……如此……如此了得！老衲拜……拜服。」虛竹道：「師伯祖，他使的不是拈花指，也不是佛門武功。」

羣僧一聽，都暗暗不以爲然，鳩摩智的指法固然和玄渡一模一樣，連兩人溫顏微笑的神情也毫無二致，卻不是少林七十二絕技之一的「拈花指」是甚麼？羣僧都知鳩摩智是吐蕃國的護國法師，敕封大輪明王，每隔五年，便在大雪山大輪寺開壇，講經說法，四方高僧居士雲集聆聽，執經問難，無不讚嘆。他是佛門中天下知名的高僧，所使的如何會不是佛門武功？

鳩摩智心中卻又一驚：「這小和尚怎知我使的不是拈花指？不是佛門武功？」一轉念間，便即恍然：「是了！那拈花指本是一門十分王道和平的功夫，只點人穴道，制敵而不傷人，我急切求勝，以『火燄刀』運勁，指力太過凌厲，竟在那老僧胸口戳了三個小孔，便不是迦葉尊者拈花微笑的本意了。這小和尚想必由此而知。」

他天生睿智，自少年時起便迭逢奇緣，由密教寧瑪派上師授以「火燄刀」凌虛發勁的神功，在大理國天龍寺中連勝枯榮、本因、本相等高手，其後更因緣際會，取得小無相功秘笈。此番來到少林，原是想憑一身武功，單槍匹馬的鬥倒這座聞名當世武林的古剎，眼見虛竹不過二十來歲，雖適才「輪指封穴」之技頗爲玄妙，料想武功再高也屬有限，便微笑道：「小師父竟說我這拈花指不是佛門武學，卻令少林絕技置身何地？」

虛竹不善言辯，只道：「我玄渡師伯祖的拈花指，自然是佛門武學，你……你大師所使這個……卻不是……」一面說，一面提起左手，學著玄渡的手法，也彈了三彈，指力中使上了小無相功。他對人恭謹，這三彈不敢正對鳩摩智，只向無人處彈去，但聽得鏜、鏜、鏜三響，大殿上一口銅鐘發出巨聲。虛竹這三下指力都彈在鐘上，便如以鐘槌用力撞擊一般。衆僧聽了，盡皆驚異。

鳩摩智叫道：「好功夫！你試我一招般若掌！」說著雙掌一立，似是行禮，雙掌卻不合攏，呼的一聲，一股掌力從雙掌間疾吐而出，奔向虛竹，正是般若掌的「峽谷天風」。然般若掌以「空、無、非空、非無」爲要旨，他這一掌狠猛沉重，大非般若掌本意。

虛竹見他掌勢兇猛，非擋不可，當即以一招「天山六陽掌」將他掌力化去。

鳩摩智感到他這一掌之中隱含吸力，剛好剋制自己這一招的掌力，宛然便是小無相功的底子，心中一凜，笑道：「小師父，你這是佛門功夫麼？我今日來到寶剎，是要領教少林派的神技，你怎麼反以旁門功夫賜招？少林武功在大宋國向稱數一數二，難道徒具虛名，不足以與異邦的武功相抗麼？」他一試出虛竹的內功特異，自己無制勝把握，便以言語擠兌，要他只用少林派的功夫。

虛竹怎明白他的用意，直言相告：「小僧資質愚魯，於本派武功只學了一套羅漢拳，一套韋陀掌，那是本派紮根基的入門功夫，如何能與國師過招？」鳩摩智哈哈一笑，道：「既然如此，你倒也有自知之明，不是我的對手，那便退下罷！」虛竹道：「是！小僧告退。」合什行禮，退入虛字輩羣僧的班次。

玄慈方丈卻精明之極，雖不明白虛竹武功的由來，但看他適才所演的幾招，招數精奇，內功深厚，足可與鳩摩智相匹敵，少林寺今日面臨存亡榮辱的大關頭，不如便遣他出去抵擋一陣，縱然落敗，也總是個轉機，勝於一籌莫展，便道：「國師自稱精通少林派七十二門絕技，高明淵博，令人佩服。少林派的入門粗淺功夫，自是更加不放在國師眼裏了。虛竹，本寺僧眾現今以『玄、慧、虛、空』排行，你是本派的第三代弟子，本來決無資格跟吐蕃國第一高手國師過招動手，但國師萬里遠來，良機難逢，你便以羅漢拳和韋陀掌的功夫，請國師指點幾招。」他將話說在頭裏，虛竹只不過是少林寺第三代「虛」字輩的小僧，所會的不過是少林派的入門粗淺功夫，敗在鳩摩智手下，於少林寺威名並無所損，但只要僥倖勉強支持得一炷香、兩炷香的時刻，自己乘勢喝止雙方，鳩摩智便無顏再糾纏下去了。

虛竹聽得方丈有令，自不敢有違，躬身應道：「是。」走上幾步，合什說道：「請國師手下留情！」心想對方是前輩高人，決不會先行出招，當即雙掌一直拜了下去，正是韋陀掌的起手式「靈山禮佛」。他在少林寺中半天唸經，半天練武，十多年來，已將這套羅漢拳和韋陀掌練得滾瓜爛熟。這招「靈山禮佛」本來只是禮敬敵手的姿式，意示佛門弟子禮讓為先，決非好勇鬥狠之徒。但他此刻身上既具逍遙派三大高手深厚內力，復得童姥盡心點撥，而靈鷲宮地下石窖中數十日面壁揣摩，更加得益良多，雙掌一拜下，身上僧衣便即微微鼓起，真氣流轉，護住了全身。

突然人叢中搶出四名僧人，青光閃閃，四柄長劍同時刺向鳩摩智咽喉。四僧同時躍出，一齊出手，四柄長劍指的是同一方位。

四〇 卻試問 幾時把痴心斷

鳩摩智明知跟這小僧動手，勝之不武，不勝爲笑，但情勢如此，已不由得自己避戰，當即揮掌擊出，掌風中隱含必必卜卜的輕微響聲，姿式手法，正是般若掌的上乘功夫。

韋陀掌是少林派的紮根基武功，少林弟子拜師入門，第一套學「羅漢拳」，第二套便學「韋陀掌」。般若掌卻是最精奧的掌法，自韋陀掌學到般若掌，循序而進，通常要花三四十年功夫。般若掌既是少林七十二絕技之一，練將下去，永無窮盡，掌力越練越強，招數愈練愈純，可說學無止境，到最後一掌「一空到底」，自這掌法創始以來，少林寺中得以練成的高僧，只寥寥數人而已。在少林派中，以韋陀掌和般若掌過招，實是從所未有。兩者深淺精粗，正是少林武功的兩個極端，會般若掌的前輩僧人，決不致和只會韋陀掌的本門弟子動手，就算師徒之間餵招學藝，師父既使到般若掌，做弟子的至少也要以達摩掌、雪山掌、如來千手法等等掌法應接。

虛竹眼見對方掌到，斜身略避，雙掌推出，仍是韋陀掌中一招「山門護法」，招式平平，所含力道卻甚雄渾。

鳩摩智身形流轉，袖裏乾坤，「托缽掌」拍出。虛竹斜身閃過，鳩摩智早料到他閃避的方位，大金剛拳一拳早出，砰的一聲，正中他肩頭。虛竹踉踉蹌蹌的退了兩步。鳩摩智哈哈一笑，說道：「小師父服了麼？」料想這一掌開碑裂石，已將他肩骨擊成碎片。那知虛竹有「北冥眞氣」護體，但覺肩頭一陣疼痛，便即猱身復上，雙掌自左向右劃下，這招「恆河入海」，雙掌帶著浩浩眞氣，當眞便如洪水滔滔、東流赴海一般。

鳩摩智見他吃了自己一拳恍若不覺，兩掌擊到，力道又如此沉厚，不由得暗驚，出掌擋過，身隨掌起，雙腿連環，霎時間連踢六腿，盡數中在虛竹心口，正是少林七十二絕技之一的「如影隨形腿」，一腿甫出，第二腿如影隨形而至，第二腿隨即自影而變爲形，而第三腿復如影子，跟隨踢到，直踢到第六腿，虛竹才來得及仰身飄開。

鳩摩智不容他喘息，連出兩指，嗤嗤有聲，卻是「多羅指法」。虛竹坐馬拉弓，還擊一拳，已是「羅漢拳」中的一招「黑虎偷心」。這一招拳法粗淺之極，但附以小無相功後，竟將穿金破石的兩招多羅指指力消於中途。

鳩摩智有心炫耀，多羅指使罷，立時變招，單臂削出，雖是空手，所使的卻是「燃木刀法」。這路刀法練成之後，在一根乾木旁快劈九九八十一刀，刀刃不能損傷木材絲毫，刀上所發熱力，卻要將木材點燃生火，當年蕭峯的師父玄苦大師即擅此技，自他圓寂後，寺中已無人能會。「燃木刀法」是單刀刀法，與鳩摩智當日在天龍寺所使「火燄刀」的凌虛掌力全然不同，他此刻是以手掌作戒刀，狠砍狠斫，全是少林派武功的路子。他一刀劈落，波的一響，虛竹右臂中招。虛竹叫道：「好快！」右拳打出，拳到中途，右臂又中一刀。鳩摩智貞力貫於掌緣，這是實斬，一斬不遜於鋼刀，一樣的能割首斷臂，但虛竹右臂連中兩刀，竟渾若無事，反震得他掌緣隱隱生疼。

鳩摩智駭異之下，心念電轉：「這小和尚便練就了金鐘罩、鐵布衫功夫，也經不起我這幾下重手，卻是何故？啊，是了，此人僧衣內定是穿了護身寶甲。」一想到此節，出招便只攻擊虛竹面門，「大智無定指」、「去煩惱指」、「寂滅抓」、「因陀羅抓」，接連使出六七門少林神功，對準虛竹的眼目咽喉招呼。

鳩摩智這麼一輪快速搶攻，虛竹手忙足亂，無從招架，惟有倒退，這時連「韋陀掌」也使不上了，一拳又一拳打出，全是那一招「黑虎偷心」，每發一拳，都將鳩摩智逼退半尺，就只這麼半尺之差，鳩摩智種種神妙變幻的招數，便均不能及身。

頃刻之間，鳩摩智又連使六門少林絕技，少林羣僧只看得目眩神馳，均想：「此人自稱一身兼通本派七十二絕技，七十二門未必眞的全會，看來三四十門是有的。」但虛竹用以應付的，卻只一路「羅漢拳」，且在對方迅若閃電的急攻之下，心中手上全無變招的餘裕，打出一招「黑虎偷心」，又是一招「黑虎偷心」，來來去去，便只依樣葫蘆的一招「黑虎偷心」，拳法之笨拙，縱然是市井武師，也不免爲之失笑。但這招「黑虎偷心」中所含的勁力，卻竟不斷增強，兩人相去漸遠，鳩摩智手指手爪和虛竹的面門相距已逾一尺。

鳩摩智陡然右掌略沉，反掌拍向虛竹手腕。虛竹右臂橫格，鳩摩智和他手腕相交，驀地裏手臂劇震，跟著一陣酸痲，急運小無相功抵禦時，竟爲對方手臂「臂臑穴」上傳來的小無相功化去。鳩摩智一驚非同小可，背上冒出冷汗，想起了那日在蘇州曼陀山莊中的往事：

往事依稀

當日鳩摩智擒拿段譽前來江南，既想窺知大理段氏的六脈神劍，又想以此藉口，去窺看慕容氏在參合莊「還施水閣」中的武功秘笈。慕容家的阿朱、阿碧在錦瑟居設宴，宴請鳩摩智、段譽、過彥之、崔百泉四人。阿碧在水閣中鼓瑟，突然地板翻落，將段譽與朱碧二姝跌入預伏在水閣底下的小舟。三人盪舟逃走，鳩摩智不會划船，追趕不上。他大怒之下，逼迫慕容家的僕人帶領他去參合莊，但即使以性命相脅，衆僕仍沒一個屈從。鳩摩智知燕子塢參合莊建於太湖中的雲水深處，荷花菱葉，變幻無常，極難找尋。

他心生一計，到蘇州府城裏抓到一名公差，以鋼刀架在他頸中，逼他帶領。官府公差鋼刀在頸，乖乖的便坐船帶了他去。鳩摩智賞了他十兩銀子，命他離去，上岸縮身長草叢中，等到二更之後，便進入莊內。

莊中果然並無主人，來到書房翻找，只是些《十三經注疏》、《殿本廿二史》、《諸子集成》之類書生所用的書本，全無所得。到第二日午間，見有艘大船駛來，船上主人是個美貌貴婦，帶領十來名手執刀劍的丫鬟，氣勢洶洶的衝進莊來。莊上僕婦見了她口稱「舅太太」，船夫男工等人則叫她王夫人。只聽那王夫人連問：「我家小姐在那裏？快叫她出來！」「阿朱、阿碧兩個鬼丫頭呢，死到那裏去了？」吩咐手下丫鬟：「快去揪阿朱、阿碧兩個小鬼頭出來，先斬了兩人右手再問話。」又問：「你家公子回來過沒有？是不是跟我家小姐在一起？」不等人回答，出手就是重重一個耳光，不論男僕女僕，見人就打。鳩摩智瞧她身手，武功也不甚高，但對那羣傭僕拳打足踢，卻已綽綽有餘。

鳩摩智料她找不到人，必定原船回去，便想乘她坐船回上陸地，於是悄悄蹺到大船之側，待無人在旁時輕輕躍上後艄，縮在角落裏。果然過不到一個時辰，王夫人率領衆婢回船，駛入湖中。王夫人沒找到人，在船中拍檯敲凳，發怒罵人，誰也不敢答話。

大船駛了個把時辰，來到一座水莊外的碼頭停泊。鳩摩智等到天色全黑，這才進莊。黑暗中難尋事物，見臨湖有座小樓構築精致，傾聽樓中無人，上得樓去，輕推窗子，跳了進去。但見四周黑沉沉地，燈燭全無，便在一間無人的房中地板上睡倒。

睡夢之中，忽聽得樓下窸窣聲響，有人踏上枯草。鳩摩智便即驚醒，從窗格縫隙中向外張望，聽得腳步輕響，有人走上樓來。此人踏上梯級時使力輕柔，幾若無聲，足見內力高明。鳩摩智不敢稍作聲響，只見火光微晃，那人腳步奇速，頃刻間便走進隔壁房內，移火摺點燃桌上蠟燭。但聽得嗒嗒幾聲，似是扭動機括，再聽得呀的一聲，一門推開。鳩摩智從板壁縫隙中張去，見隔房壁上開了一洞，洞外有門，門上漆作牆壁之色，關上了決難察覺。向洞中望進去，裏面是間暗房，房中排滿了一隻隻櫃子，重重高疊，每隻櫃子的櫃門上都刻了字，塡以藍色顏料，均是「瑯嬛玉洞」四字。鳩摩智知「瑯嬛」是仙人藏書之所，心念一動，莫非這些櫃中所藏，皆是武學珍籍？

只見那人手持燭臺，在書櫃前一隻隻的瞧去。背後看那人時，見他身穿青色長袍，長髮披背，頭髮花白，似乎年紀已不輕。鳩摩智心下沉吟：「此人年歲已高，內功了得，武林中當是何人，該能猜想得到。」見他走到一隻櫃子前，櫃門上橫排「瑯嬛玉洞」四字，下面豎行兩行字，刻著「青牛西去，紫氣東來」八個字，乃用綠色顏料塡色，心想：「青牛、紫氣甚麼的，當是老子道家的學問，如櫃裏放的是《老子道德經》、《莊子南華經》、《抱朴子》一類道家書籍，可以全然不理了。」

只見那人抽起櫃門木板，將櫃中一疊簿籍都搬出來放上書桌，共有七八本，簿角捲起，似是用舊了的帳簿。那人一側身，鳩摩智便看清他面目，見他約莫六七十歲，臉面平滑，膚色白皙，登時想起一人：「這人以這般年紀，卻仍保童顏，莫非是會使『化功大法』的丁春秋？」屏氣凝息，更不敢稍動。

只見那老人翻開一本帳簿，用心誦讀，扳著手指喃喃計算，呼氣吸氣，似在修習甚麼內功。過了好一會，聽得樓下一個女子聲音叫道：「爹，是你來了嗎？」那老人長長呼了口氣，雙手捧肚，這才答道：「是呀，你上來吧！」腳步聲響，一人奔上樓來，正是適才將鳩摩智從參合莊載來曼陀山莊的王夫人。鳩摩智微感詫異：「原來這人是王家老先生，並非丁春秋。」

王夫人走到那老人身前，說道：「爹，你又在練『小無相功』麼？你把這些書都拿去吧，反正都是你跟媽取來的，語嫣不得你指點，又看不懂。」鳩摩智聽到「小無相功」四字，知是一門極厲害的道家內功，登時便留上了神。

那老人道：「我拿了去，一個藏得不好，保不定給那些不成材的弟子們偷走，還是放在這裏穩當些。語嫣到那兒去啦？」王夫人在那老人身畔的一張椅上坐下，說道：「少林派有個老和尚叫作玄悲的，在大理給人打死了，致命傷正是他的拿手絕技，叫甚麼『大韋陀杵』，少林派認定下手的是姑蘇慕容。復官受人冤枉，帶了幾名家將上少林寺去解釋。語嫣擔心復官說不明白，自己也跟去了。」那老人搖搖頭，說道：「憑慕容復這點功夫，怎打得死玄悲這老禿？」

王夫人道：「爹，是你動的手，是不是？」那老人道：「不是！我幹麼去殺少林和尚？」王夫人道：「復官的爹死得早，反倒要靠語嫣指點幾招，給女人壓倒了，沒點大丈夫氣概，可有多寒蠢！爹，還是請你教教罷。」那老人搖頭道：「他自認家傳的『斗轉星移』功夫了不起，瞧不起星宿派，不肯拜在我門下，我何必指點他武功？」

鳩摩智聽到這裏，才知這老人果然便是丁春秋。

王夫人本是無崖子和李秋水所生的女兒，兩人生此愛女後，共居無量山中，師兄妹情深愛重，時而月下對劍，時而花前賦詩，歡好彌篤。但無崖子於琴棋書畫、醫卜星相皆所涉獵，所務既廣，對李秋水不免疏遠。李秋水在外邊擄掠了不少英俊少年入洞，和他們公然調笑，原意是想引得情郎關注於己，豈知無崖子甚爲憎惡，一怒離去。李秋水失望之餘，更將無崖子的二弟子丁春秋勾引上手。丁春秋突然發難，將無崖子打落懸崖，生死不知。丁李二人便將「瑯嬛玉洞」所藏，以及李秋水的女兒李青蘿帶往蘇州。李秋水爲掩人耳目，命女兒叫丁春秋爲爹，王夫人自幼叫習慣了，長大後也不改口。這些情由，當時鳩摩智自然並無所知，還道丁春秋眞是王夫人的父親。

只聽王夫人道：「爹，你教我怎生練這『小無相功』，我日後好轉教語嫣。」丁春秋道：「也好！不過這功夫挺難練的，我自己也沒練得到家。我先教你如何破解口訣，你和語嫣再慢慢照本修習。嗯，語嫣對她表哥太好，我不放心。」說著從桌上簿籍中抽出一本，放入懷中。

丁春秋翻開另一本書，說道：「這門內功，祖師爺只傳了你媽，我師父、師伯都不得傳授。祖師爺將練功法門寫成帳簿模樣。『正月初一，收銀九錢八分』，就是第一天輕輕吸氣九次、凝息八次；『付銀八錢七分』，就是輕輕呼氣八次、凝息七次。『正月初二，收銀八錢九分，購豬肺一副、豬腸二副、豬心一副』，就是第二天吸氣凝息之後，將內息在肺脈轉一次，在腸脈轉兩次，在心脈轉一次……」

王夫人笑道：「祖師爺眞有趣，把自己的心、肺、腸都寫作了豬心、豬肺、豬腸。」丁春秋微笑道：「這麼寫，即使這書落入不相干之人手裏，他也只道是買肉買菜的家用帳，決不知是修習無上內功的心法。你再讀這幾個字。」王夫人讀道：「新、人、眞、勻、春、身……」丁春秋道：「再讀，要讀得快！」王夫人讀道：「谷、伏、牧、木、索、哭、屋……」丁春秋道：「再倒轉去讀，要一口氣，中間不停。」王夫人連讀七個仄聲字，氣息不順暢，到後來笑作一團，伏在桌上。

丁春秋道：「不用心急，你每日讀上一個時辰，順讀倒背都純熟了，再照書上法門練氣，練得兩册，我再教你。」兩人說了幾句閒話，王夫人下樓而去。

丁春秋練完功之後，將書册放入書櫃，吹滅燭火離房。鳩摩智靜聽丁春秋腳步聲遠去，更無人來，這才摸到隔房，從暗門中鑽入暗室，見這「瑯嬛玉洞」書櫃甚多，心想：「這次單學『小無相功』一門也就夠了。他們寫成『豬心豬腸』，也不知別的武功寫成甚麼，偷了書去，別要學錯功夫。」於是打開「青牛西去」那個櫃門，將幾册書本盡數揣入懷裏，越牆而出。岸旁泊著一艘船，他在後艙躲起，這般大的船他可不會划，又怕給王夫人得悉「小無相功」功簿失竊，便耐心等候。等到第三天上，才有人駛船到蘇州城中買賣。他伏在艙中，待船靠岸，船夫、僕役上岸後，才離船回到下處。

他一數書册，共有七本，心想其中一本已給丁春秋拿了去，未能得窺全豹，未免美中不足。書册封皮上書著甲、乙、丙、丁等字樣，見「己」册與「辛」册間少了本「庚」册，知丁春秋拿去的是第七本。翻開「甲」册，只見第一頁上寫著幾行字道：

「古之善爲道者，微妙玄通，深不可識。夫唯不可識，故強爲之容：豫兮若冬涉川，猶兮若畏四鄰。」

「孰能濁水靜之徐清，孰能安以動之徐生。促此道者，不欲盈，夫唯不盈，故能蔽而新成。」

想了好一會，不明其意。翻到第二頁，上面一條條都是「某月某日，收銀幾錢幾分，購豬心豬肺幾副」等字樣，當下焚起一爐清香，靜靜吐納，依照書中所記，修習起來。初時不見任何動靜，耐心吐納轉脈，經過月餘，漸覺神清氣爽，內力大增。

如此用功數月，更覺內息在多處經脈流轉。他自得吐蕃國密教寧瑪派上師授以「火燄刀」神功後，在吐蕃掃蕩黑教，威震西埵，功力見識均已臻於極高境界，但一閱「小無相功」，便覺踏入了武學中另一嶄新天地。

佛學武功以「空」爲極旨，道家內功則自「無滯、無礙」而趨「無分別境界」，兩者雖殊途同歸，練到極高點時甚爲相似，但入門手法及運用法門畢竟大不相同。

鳩摩智自此便沉迷於修習「小無相功」，精進不懈，日以繼夜。細察第六本與第八本功法之間，所缺的主要是衝脈、帶脈、陽維、陰維等奇經四脈，思忖人身十二經常脈均已練成，第八本中尚載有陽蹻、陰蹻，以及最重要的任脈、督脈等另四脈奇經，所缺奇經四脈，練法當亦大同小異，以其餘七本所載法門推算，當可尋到練這四脈的功行之法。

他回到吐蕃後，先依照功訣，練成了第八本中所載的奇經四脈，再轉回頭練所缺第七本中所載的奇經四脈時，竟遇上了若干阻滯，好在衝脈、帶脈的功行不常使用，他也不以爲意，心想其餘常奇十六脈的功行融會貫通之後，這餘下奇經四脈的功行水到渠成，自能融通。

這次他得到訊息，丐幫向少林寺發了戰書，要爭爲中原武林盟主。他想中原武林人物結盟一成，於吐蕃大為不利。自忖少林寺七十二絕技自己所會者雖不周全，但自練成小無相神功後，較之當日孤身上大理天龍寺挑戰、以「火燄刀」神功擊敗段氏六脈神劍而擒得段譽東來之時，功力已然大進，以小無相功運使少林諸絕技，當可入少林而盡敗諸僧，令少林派一敗塗地。中原武林結盟不成，自己即為吐蕃建立不世奇功，不枉了國師之名。

來到少林，鳩摩智悄悄在大殿外竊聽方丈玄慈與神山、觀心等外來高僧講論拳掌武學，聽到玄慈論及少林僧人以剛柔功法相反，不能同練降魔掌與摩訶指，他便即施展輕功，奔到山門之外，再以內力傳送聲音，指摘「剛柔功法不能同練」之非。眾高僧均覺遠處出語傳音，內力深厚即可，並不為奇，但多人在大殿中談論，竟為他在里許之外聽到，這等「天耳通」功夫實為武學中罕見罕聞，無不驚佩，卻沒想到他是先在殿外竊聽後，再奔到遠處說話。此後鳩摩智以小無相功為基，使出少林絕技大金剛拳、般若掌、摩訶指等功，果然懾服羣僧，迫得方丈玄慈大師亦聲言己所不及。鳩摩智正得意間，沒料想少林僧眾中突然出來個虛竹，竟然也會小無相功，與己相抗。

兩人雙臂相交，觸動了衝脈諸穴，這正是鳩摩智內功中的弱點所在，霎時之間，想起了在曼陀山莊中偷得「小無相功」秘笈時缺失第七本的往事，不禁冷汗直冒。鳩摩智為人精細，練功時的岔路陷阱，能在細思推算之後一一避過，但臨敵之際，來招如電，無思考餘裕，兩股小無相功一碰撞，鳩摩智沒練過第七本上所載的衝脈奇經，臂上勁力竟爲虛竹的小無相功化去。「小無相功」若練到大成，原本威力奇大，不過此功既稱爲「小無相」，加上一個「小」字，指明畢竟僅爲道家高深內功之初階，以之運使道家功法，確可得心應手，但用之於別家功法，不免鑿枘，未能盡臻其妙。尤其鳩摩智所練的小無相功少了第七本，功法中有了缺陷，遇上虛竹完滿無缺的同一功法，不免相形見絀。

鳩摩智心驚之下，見虛竹又是一招「黑虎偷心」打到，突然間手掌一沉，雙手陡探，已抓住虛竹右拳，正是少林絕技「龍爪功」中的一招，左手拿著虛竹的小指，右手拿住他拇指，運力急拗，準擬這一下立時便拗斷他兩根手指。虛竹兩指受拗，不能再使「黑虎偷心」，手指劇痛之際，自然而然的使出「天山折梅手」來，右腕轉個小圈，翻將過來，拿住了鳩摩智左腕。

鳩摩智一抓得手，正欣喜間，不料對方手上突然生出一股怪異力道，反拿己腕。他所知武學甚爲淵博，但於「天山折梅手」卻全然不知來歷，心中一凜，只覺左腕已如套在一隻鐵箍之中，再也沒法掙脫。總算虛竹驚惶中只求自解，不暇反攻，因此只牢牢抓住鳩摩智的手腕，志在不讓他再拗自己手指，沒來得及抓他脈門。便這麼偏了三分，鳩摩智內力已生，微微一收，隨即激迸而出，只盼震裂虛竹的虎口。

虛竹手上一麻，生怕對方脫手之後，又使厲害手法，忙又運勁，體內北冥眞氣如潮水般湧出。他和段譽所練的武功出於同源，但沒如段譽那般練過吸人內力的法門，因此雖抓住了鳩摩智手腕，卻沒能吸他內力。饒是如此，鳩摩智三次運勁未能掙脫，不由得心下大駭，右手成掌，斜劈虛竹項頸。他情急之下，沒想到再使少林派武功，這一劈已是他吐蕃的本門武學。虛竹左手以一招天山六陽掌化解。鳩摩智次掌又至，虛竹的六陽掌綿綿使出，將對方勢若狂飆的攻擊逐一化解。

其時兩人近身肉搏，呼吸可聞，出掌時都是曲臂迴肘，每發一掌都只相距七八寸。但相隔雖近，掌力卻仍強勁之極。鳩摩智掌聲呼呼，羣僧均覺這掌力刮面如刀，寒意侵體，便似到了高山絕頂，狂風四面吹襲。少林寺輩份較低的僧侶漸漸抵受不住，一個個縮身向後，貼牆而立。玄字輩高僧自不怕掌力侵襲，但也各運內力抗拒。

虛竹爲了要給三十六洞、七十二島羣豪解除生死符，在這天山六陽掌上用功甚勤，種種精微變化全已了然於胸，而靈鷲宮地底石壁上的圖譜，更令他大悟其中奧妙。不過他從未用之與人過招對拆，少了練習，一上來便與一位當今數一數二的高手生死相搏，掌法雖高，內力雖強，使得出來的卻不過二三成而已。

鳩摩智掌力漸趨凌厲，虛竹心無二用，但求自保，每一招都取守勢。他緊抓對方手腕，決不是想拿住對手，只是見對方武功遠勝於己，單掌攻擊已如此厲害，若任他雙掌齊施，自己非命喪當場不可。他見識不足，察覺不到對手衝脈上的功行大有缺失，如針對此節反攻，早已大勝，唯有採取笨法子，死命拿住他左腕，要令他左掌無法出招。

鳩摩智左手遭抓，雙掌連環變化、交互爲用的諸般妙著便使不出來。虛竹本來掌法不甚純熟，使單掌較使雙掌爲便。一個打了個對折，十成掌法只剩五成，一個卻將二三成的功夫提升到了四五成。一炷香時刻過去，兩人已交拆數百招，仍是僵持之局。

玄慈、玄渡、神山、觀心、道清等諸高僧都已看出，鳩摩智左腕受制，掙扎不脫，但虛竹的左掌卻全然處於下風，只有招架之功，無絲毫還手之力，兩人都是右優左劣。這般打法，衆高僧雖見多識廣，卻也是生平從所未見。其中少林衆僧更多了一份驚異、一份憂心，虛竹自幼在本寺長大，下山半年，卻不知從何處學了這一身驚人技藝回來，又見他抓住敵人，卻不能制敵，而鳩摩智每一掌中都含有摧筋斷骨、震破內家眞氣的大威力，只消給擊中了一下，非氣絕身亡不可。

又拆百餘招，虛竹驚恐之心漸去，於天山六陽掌的精妙處領悟越來越多，十招中於九招守禦之餘，已能還擊一招。他旣還擊一招，鳩摩智便須出招抵禦，攻勢不免略有頓挫。其間相差雖然甚微，消長之勢卻漸對虛竹有利。又過一頓飯時分，虛竹已能在十招中反攻兩三招。少林羣僧見他漸脫困境，無不暗暗歡喜。

這時虛竹已能佔到四成攻勢，雖兀自遮攔多，進攻少，但內力生發，逍遙派武學的諸般狠辣招數自然而然的使了出來。少林派係佛門武功，出手的用意均是制敵而非殺人，與童姥、李秋水的出手截然相反。玄慈等少林高僧見虛竹所使招數雖渾然含蓄，但漸趨險狠凌厲，不由得都皺起了眉頭。

鳩摩智連運三次強勁，要掙脫虛竹的右手，以便施用「火燄刀」絕技，但己力加強，對方的指力相應而增，情急之下，殺意陡盛，右手呼呼呼連拍三掌，虛竹揮手化解。鳩摩智縮手彎腰，從布襪中拔出一柄匕首，陡向虛竹肩頭刺去。

虛竹所學全是空手拆招，突然間白光閃處，匕首刺到，不知如何招架才是，搶著便去抓鳩摩智右腕，這一抓是「天山折梅手」的擒拿手法，既快且準，三根手指一搭上他手腕，大拇指和小指跟著便即收攏。便在這時，鳩摩智掌心勁力外爍，匕首脫手而出。虛竹雙手都牢牢抓著對方的手腕，噗的一聲，匕首插入了他肩頭，直沒至柄。

旁觀羣僧齊聲驚呼。神山、觀心等都不自禁的搖頭，均想：「以鳩摩智如此身分，鬥不過少林寺一個青年僧人，已然聲名掃地，再使兵刃偷襲，簡直不成體統。」

突然人叢中搶出四名僧人，青光閃閃，四柄長劍同時刺向鳩摩智咽喉。四僧同時躍出，一齊出手，四柄長劍指的是同一方位，劍法奇快，狠辣無倫。鳩摩智雙足運力，要待後躍避讓，力扯之下，虛竹竟紋絲不動，但覺喉頭刺痛，四劍的劍尖已刺上了肌膚。只聽四僧齊聲喝道：「不要臉的東西，快快投降！」聲音嬌嫩，竟似是少女口音。

虛竹轉頭看時，這四僧居然是梅蘭竹菊四劍，只是頭戴僧帽，掩住了頭上青絲，身上穿的卻是少林寺僧衣。他驚詫無比，叫道：「休傷他性命！」四劍齊聲答應：「是！」劍尖卻仍不離鳩摩智的咽喉。

鳩摩智哈哈一笑，說道：「少林寺不但倚多爲勝，而且暗藏春色，數百年令譽，原來如此，這可領教了！」

虛竹心下惶恐，不知如何是好，當即鬆手放開鳩摩智手腕。菊劍爲他拔下肩頭匕首，鮮血立湧。菊劍忙摔下長劍，從懷中取出手帕，給他裹好傷口。梅蘭竹三姝的長劍仍指在鳩摩智喉頭。虛竹問道：「你……你們，是怎麼來的？」

鳩摩智右掌橫劃，「火燄刀」神功使出，噹噹噹三聲，三柄長劍從中斷絕。三姝大驚，向後飄躍丈許，看手中時，長劍都只剩下了半截。鳩摩智仰天長笑，向玄慈道：「方丈大師，卻如何說？」

玄慈面色鐵青，說道：「這中間的緣由，老衲委實不知，即當查明，按本寺戒律處置。國師和衆位師兄遠來辛苦，便請往客舍奉齋。」

鳩摩智道：「如此有擾了。」說著合什行禮，玄慈還了一禮。

鳩摩智合著雙手向旁一分，暗運「火燄刀」神功，噗噗噗噗四響，梅蘭竹菊四姝齊聲驚呼，頭上僧帽無風自落，露出烏雲也似的滿頭秀髮，數百莖斷髮跟著僧帽飄了下來。鳩摩智顯這一手功夫，不但炫耀己能，斷髮而不傷人，意示手下容情，同時明明白白的顯示於衆，四姝乃在家女子，並非比丘尼，要少林僧無可抵賴。

玄慈面色更加不豫，說道：「衆位師兄，請！」

神山、觀心、道淸、融智等諸高僧陡見少林寺中竟有僧裝女子出現，無不大感驚訝，聽到玄慈方丈一個「請」字，都站了起來。知客僧分別迎入客舍，供奉齋飯。

一衆外客剛轉過身子，還沒走出大殿，梅劍便道：「主人，咱姊妹私自下山，前來服侍你，你可別責怪。」蘭劍道：「那緣根和尙對主人無禮，咱姊妹狠狠的打了他幾頓，他才知道好歹，唉，沒料想這番僧又傷了主人。」

虛竹「哦」了一聲，這才恍然，緣根所以前倨後恭，原來是受她四姊妹的脅迫，如此說來，她四人喬裝爲僧，潛身寺中，已有多日，不由得跺腳道：「胡鬧，胡鬧！」隨即在如來佛像前跪倒，說道：「弟子前生罪業深重，今生又未能恪守淸規戒律，以致爲本寺惹下無窮禍患，恭請方丈重重責罰。」

菊劍道：「主人，你也別做甚麼勞什子的和尙啦，大夥兒不如回縹緲峯去罷，在這兒靑菜豆腐，沒半點油水，又受人管束，有甚麼好？」竹劍指著玄慈道：「老和尙，你言語中對我們主人若有得罪，我四姊妹對你可也不客氣啦，你還是多加小心爲妙。」

虛竹連聲喝止，說道：「你們不得無禮，怎麼到寺裏胡鬧？唉，快快住嘴。」四姊妹卻你一言我一語，咭咭呱呱的，竟將玄慈等高僧視若無物。少林羣僧相顧駭然，眼見四姊妹相貌一模一樣，明媚秀美，嬌憨活潑，天眞可愛，一派無法無天，實不知是甚麼來頭。

原來四姝是大雪山下的貧家女兒，其母先前已生下七個兒女，再加上一胎四女，實已無力養育，生下後便棄在雪地之中。適逢童姥在雪山採藥，聽到啼哭，見是相貌相同的四個女嬰，覺得有趣，便攜回靈鷲宮撫養長大，授以武功。四姝從未下過縹緲峯一步，又怎懂得人情世故、大小輩份？她們生平只聽童姥一人吩咐。待虛竹接爲靈鷲宮主人，她們也就死心塌地的侍奉。虛竹溫和謙遜，遠不如童姥御下有威，她們對之就不怎麼懼怕，只知對主人忠心耿耿，渾不知這些胡鬧妄爲有甚麼不該。

玄慈說道：「除玄字輩衆位師兄弟外，餘僧各歸僧房。慧輪留下。」衆僧齊聲答應，按著輩份魚貫而出。片刻之間，大雄寶殿上只留著二十餘名玄字輩的老僧、虛竹的師父慧輪，以及虛竹和靈鷲宮四女。

慧輪也在佛像前跪倒，說道：「弟子教誨無方，座下出了這等孽徒，請方丈重罰。」

竹劍噗哧一笑，說道：「憑你這點兒微末功夫，也配做我主人的師父？前天晚上松樹林中，連絆你八交的那個蒙面人，便是我二姊了。我說呢，你的功夫實在稀鬆平常。」虛竹暗暗叫苦：「糟糕，糟糕！她們連我師父也戲弄了。」又聽蘭劍笑道：「我聽緣根說，你是咱們主人的師父，便來考較考較你。三妹今日倘若不說，只怕你永遠不知道前晚怎麼會連摔八個觔斗，哈哈，嘻嘻，有趣，有趣！」

玄慈道：「玄慚、玄愧、玄念、玄淨四位師弟，請四位女施主不可妄言妄動。」四名老僧躬身道：「是！」轉身向四女道：「方丈法旨，請四位不可妄言妄動！」

梅劍笑道：「我們偏偏要妄言妄動，你管得著麼？」四僧齊聲道：「如此得罪了！」僧袍微揚，雙手隔著衣袖分拿四女手腕。玄慚使的是「龍爪功」，玄愧使的是「虎爪手」，玄念使的是「鷹爪功」，玄淨使的則是「少林擒拿十八打」，招數不同，卻均是少林派的精妙武功。四女中除菊劍外，三女的長劍都已給鳩摩智削斷。菊劍長劍抖動，護住了三個姊妹。梅蘭竹三女各使斷劍，從菊劍的劍光下攻將出來。

虛竹叫道：「拋劍，拋劍！不可動手！」四姝聽得主人呼喝，都是一怔，手中兵刃便沒敢全力施爲。四女的武功本來遠不及四位玄字輩高僧，一失機先，立時便分給四僧拿住。梅劍用力一掙，沒能掙脫，嗔道：「咱們聽主人的話，才對你們客氣，哎喲，痛死了，你揑得這麼重幹甚麼？」蘭劍叫道：「小賊禿，快放開我！」抓住她手腕的玄愧大師鬚眉皆白，已七十來歲年紀，她卻呼之爲「小賊禿」。竹劍道：「你再不放手，我可要罵你老婆了。」菊劍道：「我吐他口水。」一口唾液，向玄淨噴去。玄淨側頭讓過，手指加勁，菊劍只痛得「哎唷，哎唷」大叫。大雄寶殿本是莊嚴佛地，霎時間成了小兒女的鶯啼燕叱之場。

玄慈道：「四位女施主安靜毋躁，若再出聲，四位師弟便點了她們的啞穴。」四姝一聽要點啞穴，都覺不是玩的，便不敢作聲。玄慚等四僧便也放開了她們手腕。

玄慈道：「虛竹，你將經過情由，從頭說來，休得稍有隱瞞。」

虛竹道：「是。弟子誠心稟告。」便將如何奉方丈之命下山投帖，如何遇到玄難、慧方等眾僧，如何誤打誤撞的解開珍瓏棋局而成為逍遙派掌門人，玄難如何死於丁春秋的劇毒之下，如何為阿紫作弄而破戒開葷，直說到如何遇到天山童姥，如何深入西夏皇宮的冰窖，而致成為靈鷲宮主人等情一一說了。這段經歷過程繁複，他口齒笨拙，結結巴巴的說來，著實花了老大時光，雖然拖泥帶水，但事事交代，毫無避漏，即是在冰窖內與夢中女郎犯了淫戒一事，也吞吞吐吐的說了。

眾高僧越聽越驚訝，這個小弟子遇合之奇之巧，武林中實是前所未聞。眾僧適才見到他劇鬥鳩摩智的身手，對他所述均無懷疑，都想：「若非他一身而集逍遙派三大高手的神功，又在靈鷲宮石窟中領悟了上乘武技，如何能敵得住吐蕃國師的絕世神通？」

虛竹說罷，向著佛像五體投地，稽首禮拜，說道：「弟子無明障重，塵毒不除，一遇外魔，便即把持不定，連犯葷戒、酒戒、殺戒、淫戒，背棄本門，學練旁門外道的武功，又招致四個姑娘入寺，敗壞本寺清譽，罪大惡極，罰不勝罰，只求我佛慈悲，方丈慈悲。」他越想越難過，不禁痛哭失聲。

梅劍和菊劍同時哼的一聲，要想說話，勸他不必再做甚麼和尚了。玄慚、玄淨二僧立即伸手，隔衣袖扣住了二女脈門。二女無可奈何，話到口邊復又縮回，向兩個老僧狠狠白了一眼，心中暗罵：「死和尚，臭賊禿！」

玄慈沉吟良久，說道：「衆位師兄、師弟，虛竹此番遭遇，委實大異尋常，事關本寺數百年清譽，本座一人也不便擅自作主，要請衆位共同斟酌。」

玄生大聲道：「啓稟方丈：虛竹過失雖大，功勞也是不小。若不是他在危急之際出手鎮住那番僧，本寺在武林中怎還有立足餘地？那番僧叫咱們各自散了，去託庇於清涼、普渡諸寺，或去投靠他吐蕃的喇嘛寺廟。這等奇恥大辱，全仗虛竹一人挽救。看來本寺數中該有此劫，只因少林寺多積善功，福緣深厚，才有虛竹這等奇特因緣，讓本寺渡過此劫。依小僧之見，命他懺悔前非，以消罪業，然後在達摩院中精研武技，此後不得出寺，不得過問外務，也就是了。」進達摩院研技，是少林僧一項尊崇之極的職司，必須武功到了極高境界，方能入院。玄字輩二十餘高僧中，得進達摩院的也只十一二人而已，玄生自己便尚未得進。他倡議虛竹進達摩院，非但不是懲罰，反是大大的獎賞了。

達摩院首座本是玄難大師，現由玄因大師暫代，他一時躊躇難決，不置可否。

戒律院首座玄寂說道：「依他武功造詣，這達摩院原也去得。但他所學者乃旁門武功，少林達摩院中，可否容得這旁門高手？玄生師弟，可曾細思過此節沒有？」

此言一出，羣僧便均覺玄生之議頗爲不妥。玄生道：「以師兄之見，那便如何？」

玄寂道：「唔，這個嘛，我實在也打不定主意。虛竹有功有過，有功當奬，有過當罰。這四個姑娘來到本寺，喬裝爲僧，並非出於虛竹授意，咱們坦誠向鳩摩智、神山諸位說明眞相，也就是了。他們信也罷，不信也罷，咱們無愧於心，也不必理會旁人妄自猜測，那倒不在話下。但虛竹犯戒累累，背棄本門，另學旁門武功，少林寺中，只怕再也容不了他。」他這麼說，竟是要驅逐虛竹出寺。「破門出教」是佛教最重要的懲罰。羣僧一聽，盡皆相顧駭然。

玄寂又道：「虛竹仗著武功，連犯諸般戒律，本當廢去他的功夫，這才逐出山門。但他原練的武功早已爲人化去。他目下身上所負功夫並非學自本門，咱們自也無權廢去。」

虛竹垂淚求道：「方丈，衆位師伯祖、師叔祖，請瞧在我佛面上，慈悲開恩，讓弟子有一條改過自新之路。不論何種責罰，弟子都甘心領受，就是別把弟子趕出寺去。」語聲嗚咽，說得甚是誠懇。

衆老僧你瞧瞧我，我瞧瞧你，都拿不定主意，聽虛竹如此說，確是悔悟之意甚誠。

所謂「放下屠刀，立地成佛」，所謂「苦海無邊，回頭是岸」，佛門廣大，普渡衆生，於窮兇極惡、執迷不悟之人，尚且要千方百計的點化於他，何況於這個迷途知返、自幼出家的本寺弟子，豈可絕了他向佛之路？少林寺屬於禪宗，向來講究「頓悟」，訶佛罵祖尚自不忌，本不如律宗等宗斤斤於嚴守戒律。今日若無外人在場，衆僧眼見他眞心懺悔，決不致將他破門逐出。但眼前之事，吐蕃大輪寺、中土清涼、普渡等諸大寺各有高僧在座，若對虛竹責罰不嚴，天下勢必都道少林派護短，但重門戶，不論是非，只講武功，不管戒律。這等說法流傳出外，卻也是將少林寺的清譽毀了。

便在此時，一位老僧在兩名弟子攙扶之下，從後殿緩步出來，正是玄渡。他爲鳩摩智指力所傷，回入僧房休息，關心大殿上雙方爭鬥的結局，派遣弟子不斷回報，待聽得鳩摩智已落敗退開，羣僧質訊虛竹，大有見罰之意，當即扶傷又到大雄寶殿，說道：「方丈，我這條老命是虛竹救的。我有一句話，不知該不該說。」

玄渡年紀較長，品德素爲合寺所敬。玄慈方丈忙道：「師兄請坐，慢慢的說，別牽動了傷處。」玄渡道：「救我一命不算甚麼。可是眼前有六件大事，尚未辦妥，若留虛竹在寺，大有助益，倘若將他逐了出去，那……那……那可難了。」

玄寂道：「師兄所說六件大事，第一件是指鳩摩智未退；第二件，是神山上人指摘本寺放任弟子喬峯爲非作惡；第三件，是丐幫新任幫主莊聚賢欲爲武林盟主。其餘三件，師兄何指？」

玄渡長嘆一聲，道：「玄悲、玄苦、玄痛、玄難四位師弟的性命。」他一提到四僧，衆僧一齊合什唸佛：「我佛慈悲！」

衆僧初時認定玄苦爲喬峯所殺，其後派出高手探查，消了喬峯的嫌疑，至於眞兇是誰，卻一時難知；玄痛、玄難爲丁春秋所害，大仇迄未得報；而殺害玄悲大師的兇手究竟是誰，也是全無端倪。大家只知玄悲是胸口中了「大韋陀杵」而死，「大韋陀杵」乃少林七十二絕技之一，正是玄悲苦練了數十年的功夫。以前均以爲是姑蘇慕容氏「以彼之道，還施彼身」而下毒手，後來慧方、慧鏡等述說與鄧百川、公冶乾等人結交的經過，均覺慕容氏門下諸人並非奸險之輩，且曾與少林僧聯手對付丁春秋，可說是敵愾同仇。適才又看到鳩摩智的身手，他既能使諸般少林絕技，則這一招「大韋陀杵」是他所擊固有可能，就算另有旁人，也不爲奇。四位高僧分別死在三個極強對頭手下，因此玄渡說是三件大事。

玄慈說道：「老衲忝爲本寺方丈，於此六件大事，無一件能善爲料理，委實汗顏無地。可是虛竹身上功夫，全是逍遙派的武學，難道……難道少林寺的大事……」

他說到這裏，言語已難以爲繼，但羣僧都明白他的意思：虛竹武功雖高，卻全是別派旁門功夫，即使他能出手將這六件大事都料理了，有識之士也均知少林派是因人成事，非依靠逍遙派武功不可，不免為少林派門戶之羞；就算大家掩飾得好，旁人不知，但這些有道高僧，豈能作自欺欺人的行逕？

隔了半晌，玄渡問道：「以方丈之見，卻是如何？」

玄慈道：「阿彌陀佛！我輩接承列祖列宗的衣缽，今日遭逢極大難關，以老衲之見，當依正道行事，寧為玉碎，不作瓦全。倘若大夥盡心竭力，得保少林令譽，那是我佛慈悲，列祖列宗的遺蔭；設若魔盛道衰，老衲與衆位師兄弟以命護教，以身殉寺，卻也問心無愧，不違我教的正理。少林寺數百年來造福天下不淺，善緣深厚，就算一時受挫，也決不致一敗塗地，永無興復之日。」這番話說得平平和和，卻正氣凜然。

羣僧一齊躬身說道：「方丈高見，願遵法旨。」

玄慈向玄寂道：「師弟，請你執行本寺戒律。」玄寂道：「是！」轉頭向知客僧侶道：「有請吐蕃國師與衆位高僧。」知客僧侶躬身答應，分頭去請。

玄渡、玄生等暗暗嘆息，雖有維護虛竹之意，但方丈所言，乃以大義為重，不能以一時的權宜利害，毀了本寺戒律清譽。各人都已十分明白，倘若赦免虛竹的罪過，那是雖勝亦敗，但如秉公執法，則雖敗猶榮。方丈已說到了「以命護教，以身殉寺」的話，那是破釜沉舟，不存任何僥倖之想，虛竹如何受罰，反不怎麼重要了。

虛竹也知此事已難挽回，哭泣求告，都是枉然，心想：「人人都以本寺清譽為重，我是自作自受，決不可在外人之前顯露畏縮乞憐之態，教人小覷了少林寺的和尚。」

過不多時，鳩摩智、神山、觀心等客寺高僧來到大殿。鐘聲響起，慧字輩、虛字輩、空字輩羣僧又列隊而入，站立兩廂。

玄慈合什說道：「吐蕃國國師、列位師兄請了。少林寺虛字輩弟子虛竹，身犯殺戒、淫戒、葷戒、酒戒四大戒律，私學旁門別派武功，擅自出任旁門掌門人。少林寺戒律院首座玄寂，便即依律懲處，不得寬貸。」

鳩摩智和神山等一聽之下，倒也大出意料之外，眼見梅蘭竹菊四女喬裝爲僧，只道虛竹膽大妄爲，私自在寺中窩藏少女，所犯者不過淫戒而已，豈知方丈所宣布的罪狀尚過於此。普渡寺道清大師中年出家，於人情世故十分通達，兼之性情慈祥，素喜與人爲善，說道：「方丈師兄，這四位姑娘眉鎖腰直、頸細背挺，顯是守身如玉的處女，適才向國師出手，使的更是童貞功劍法，咱們學武之人一見便知。虛竹小師兄行爲不檢，容或有之，『淫戒』二字，卻是言重了。」

玄慈道：「多謝師兄點明。虛竹所犯淫戒，非指此四女而言。虛竹投入別派，作了天山縹緲峯靈鷲宮的主人，此四女是靈鷲宮舊主的侍婢，私入本寺，意在奉侍新主，虛竹事先確實並不得知。少林寺疏於防範，好生慚愧，倒不以此見罪於他。」

童姥武功雖高，但從不履足中土，只是和邊疆海外諸洞、諸島的旁門異士打交道，因此「靈鷲宮」之名，羣僧大都是首次聽到。鳩摩智雖在吐蕃國曾聽人說起過，卻也不明底細。

道清大師道：「既然如此，外人不便多所置喙了。」鳩摩智和神山上人對少林寺本來不懷善意，但見玄慈一秉至公，毫不護短，虛竹所犯戒律外人本來不知，他卻當眾宣示，心下也不禁欽佩。

玄寂走上一步，朗聲問道：「虛竹，方丈所指罪業，你都承認麼？有何辯解？」虛竹道：「弟子承認，罪重孽大，無可辯解，甘領師叔祖責罰。」

羣僧心下悚然，眼望玄寂，聽他宣布如何處罰。

玄寂朗聲說道：「虛竹擅犯殺、淫、葷、酒四大戒律，殺戒尤重，罰當眾重打一百棍。虛竹，你心服麼？」虛竹聽說只罰打他一百棍子，衡之自己所犯四大戒律，實在一點也不算重，忙道：「多謝師叔祖慈悲，虛竹心服。」玄寂又道：「你未得掌門方丈和受業師父許可，擅學旁門武藝，罰你廢去全身少林派武功，自今而後，不得再為少林派弟子。你心服麼？」

虛竹心中一酸，情知此事已無可挽救，道：「弟子該死，師叔祖罰得甚是公正。」

別派羣僧適才見他和鳩摩智激鬥，以「韋陀掌」和「羅漢拳」少林武功大顯神威，誰都不知虛竹的眞正武功，其實已不是少林一派。鳩摩智自稱一身兼七十二門絕技，實則所通者不過二三十門絕技的表面招式而已，眞正的少林派內功他所知極少。虛竹和他相鬥時所使的小無相功，他自然是懂的，但北冥眞氣、天山六陽掌、天山折梅手等高深武功，他卻也以爲是少林派功夫，聽得玄寂說要廢去他的少林派武功，不由得大喜，心想：「你們自毀長城，去了我的心腹之患，那眞再好也沒有了。」觀心、覺賢、道清等高僧心中卻連呼：「可惜，可惜！」

玄寂又道：「你旣爲逍遙派掌門人，爲縹緲峯靈鷲宮的主人，便當出教還俗，或者改入道教，如仍皈依我佛，當爲在家居士。從今而後，你不再是少林寺僧侶了。如此處置，你心服麼？」

虛竹無爹無娘，童嬰入寺，自幼在少林寺長大，於佛法要旨雖領悟不多，但少林寺是他在這世上唯一的安身立命之地，一旦被逐出寺，不由得悲從中來，淚如雨下，伏地而哭，哽咽道：「少林寺自方丈大師以次，諸位師伯祖、師叔祖，諸位師伯、師叔以及恩師，人人對弟子恩義深重，弟子不肖，有負衆位敎誨。」

道清大師忍不住又來說情，說道：「方丈師兄、玄寂師兄，依老衲看來，這位小佛兄迷途知返，大有悔改之意，何不給他一條自新之路？」

玄慈道：「師兄指點得是。但佛門廣大，何處不可容身？虛竹，咱們罰你破門出寺，卻非對你心存惡念，斷你皈依我佛之路。天下莊嚴寶剎，何止千千萬萬。倘若你有皈依三寶之念，還俗後仍可再求剃度。盼你另投名寺，拜高僧爲師，發宏誓願，清淨身心，早證正覺。就算不再出家爲僧，在家的居士只須勤修六度萬行，一般也可證道，爲大菩薩成佛。」說到後來，言語慈和懇切，甚有殷勤勸誡之意。

虛竹更是悲切，行禮道：「方丈師伯祖教誨，弟子不敢忘記。」

玄寂又道：「慧輪聽者。」慧輪走上幾步，合什跪下。玄寂道：「慧輪，你身爲虛竹的業師，平日惰於教誨，三毒六根之害，未能詳予指點，致成今日之禍。罰你受杖三十棍，入戒律院面壁懺悔三年。你可心服麼？」慧輪顫聲道：「弟子……弟子心服。」

虛竹說道：「師叔祖，弟子願代師父領受三十杖責。」

玄寂點了點頭，道：「既是如此，虛竹共受杖責一百三十棍。掌刑弟子，取棍侍候。此刻虛竹尚爲少林僧人，加刑不得輕縱。出寺之後，虛竹即爲別派掌門，與本寺再無瓜葛，本派上下，須加禮敬。」

四名掌刑弟子領命而出，不久回入大殿，手中各執一條檀木棍。

玄寂正要傳令用刑，突然一名僧人匆匆入殿，手中持了一大疊名帖，雙手高舉，交給玄慈，說道：「啓稟方丈，河朔羣雄拜山。」

玄慈一看名帖，共有三十餘張，列名的都是北方一帶成名的英雄豪傑，突然於此刻同時趕到，料得與丐幫之事有關。只聽得寺外話聲不絕，羣豪已到門口。玄慈說道：「玄生師弟，請出門迎接。」又道：「列位師兄，嘉賓光臨，本派清理門戶之事，只好暫緩一步再行，以免怠慢了遠客。」當即站起，走到大殿簷下。

過不多時，便見數十位豪傑在玄生及知客僧陪同下，來到大殿之前。

玄慈、玄寂、玄生等雖是勤修佛法的高僧，究是武學好手，遇到武林中的同道，都有惺惺相惜的親近之意，這時突見這許多成名的英豪到來，雖正當清理門戶之際，心頭十分沉重，也不禁精神爲之一振。少林羣僧在外行道，結交方外朋友甚多，所來的英豪之中，頗有不少是玄字輩、慧字輩僧侶的至交，各人執手相見，歡然道故，迎入殿中，與鳩摩智、神山等人引見。神山、觀心等威名素著，羣豪若非舊識，也均仰慕已久。

玄慈正欲問起來意，知客僧又進來稟報，說道山東、淮南有數十位武林人物前來拜山。玄慚出去迎進殿來。一條黑漢子大聲說道：「丐幫莊幫主邀咱們來瞧熱鬧，他自己還沒到麼？」一個陰聲細氣的聲音說道：「老兄你急甚麼？既然來了，要瞧熱鬧，還少得了你一份麼？當然咱們小腳色先上場，正角兒慢慢再出台。」

玄慈朗聲說道：「諸位不約而同的降臨敝寺，少林寺至感榮幸。只不過招待不週，還請原諒則個。」羣豪都道：「好說，好說，方丈不必客氣。」

這時和少林僧交好的豪客，早已說知來寺原委，各人都接到丐幫幫主莊聚賢的英雄帖，說道少林寺和丐幫向來並峙中原，現莊聚賢新任丐幫幫主，意欲立一位中原的武林盟主，並定下若干規章，以便同道一致遵守，定十一月初十親赴少林寺，與玄慈方丈商酌。各人出示英雄帖，帖上注明這天是甲戌冬至，大吉大利，利於出門會友，帖中言語雖頗謙遜，但擺明了是說，武林盟主捨我其誰？莊聚賢要來少林寺，顯然是要憑武功擊敗少林羣僧，壓下少林派數百年享譽武林的威風。

帖中並未邀請羣雄到少林寺，但武林人物個個喜動不喜靜，對於丐幫與少林派互爭雄長的大事，那一個不想親眼目睹，躬與其盛？是以不約而同的紛紛到來。這時殿中衆人說得最多的便是一句話：「那莊聚賢是誰？」人人都問這句話，卻沒一人能答。

玄慈方丈與師兄弟會商數日，都猜測這莊聚賢多半便是喬峯的化名，以他的武功機謀，要殺了丐幫中與他爲敵的長老，奪回幫主之位，自不爲難，否則丐幫與少林派素來交好，怎地忽有此舉？喬峯大戰聚賢莊，天下皆知，他化名爲莊聚賢，其實已點明了自己來歷。

過不多時，兩湖、江南各地的英雄到了，川陝的英雄到了，兩廣的英雄也到了。羣雄南北相隔千里，卻都於一日之中絡繹到來，顯然丐幫準備已久，早在一兩個月前便已發出英雄帖。玄慈和諸僧口中不言，心下卻既憤怒，又擔憂，僅在數日之前，自稱丐幫幫主的莊聚賢才有書信到來，說到要選立武林盟主之事，並說日內將親來拜山，恭聆玄慈方丈教益，信中既未說明拜山日期，更沒提到邀請天下英雄。那知突然之間，羣賢畢集，少林寺竟給鬧了個手忙腳亂。少林派雖在江湖上廣通聲氣，居然事先全無所聞，尚未比試，已先落下風。丐幫此舉，儼然一副勝劵在握的模樣，請帖上不言明邀請羣雄，只不過不能越俎代庖，代少林寺作主人而已，但大撒英雄帖，實是不邀而邀。羣僧又想：「丐幫不邀咱們赴他總舵，面子上是對咱們禮敬，他幫主親自移步，實則是要令少林派事先全無預備，攻咱們一個措手不及。」

玄生向他好友河北神彈子諸葛中發話：「好啊，諸葛老兒，你得到訊息，也不捎個信來給我，咱們三十年的交情，就此一筆勾銷。」諸葛中老臉脹得通紅，連連解釋：「我……我是三天前才接到帖子，一碗飯也沒得及吃完，連日連夜的趕來，途中累死了兩匹好馬，唯恐錯過了日子，不能給你這臭賊禿相助一臂之力。怎……怎麼反怪起我來？」玄生哼了一聲，道：「你倒是一片好心了！」諸葛中道：「怎麼不是好心？你少林派武功再高，老哥哥來吶喊助威，總不見得是壞心啊！你們方丈本來派出英雄帖，約我十二月初八來少林寺，會一會姑蘇慕容氏，現下老哥哥早來了一個月，可沒對你不起。」

玄生這才釋然，請問其他英豪，路遠的接帖早，路近的接帖遲，但個個是馬不停蹄的趲路，方能及時趕到。倒不是這許多朋友沒一個事先向少林寺送信，而是丐幫策劃周詳，算準了各人到達少林寺的日程，令他們沒法早一日趕到或派人通知。羣僧想到此節，都覺丐幫謀定而後動，幫主和幫衆未到，已然先聲奪人，只怕尚有不少厲害後著。

這一日正是十一月初十。少林羣僧先是應付神山上人等一衆高僧，跟著與鳩摩智相鬥，盤問虛竹，已耗費了不少精神，突然間四面八方各路英雄豪傑紛紛趕到，寺中僧人雖多，事出倉卒，也不免手忙腳亂。幸好知客院首座玄淨大師是位經理長才，而寺產素豐，物料厚積，羣僧在玄淨分派之下，接待羣豪，卻也禮數不缺。

玄慈等迎接賓客，無暇屏人商議，只各自心中嘀咕。忽聽知客僧報道：「大理國鎮南王段殿下駕到。」

爲了少林寺玄悲大師身中「大韋陀杵」而死之事，段正淳曾奉皇兄之命，前來拜會玄慈方丈。大理段氏是少林寺之友，此刻到來，實是得一強助，玄慈心下一喜，說道：「大理段王爺還在中原嗎？」率衆迎出。玄慈與段正淳以及他的隨從華赫艮、范驊、巴天石、朱丹臣等已是二度重會，寒暄得幾句，便即迎入殿中，與羣雄引見。

第一個引見的便是吐蕃國國師鳩摩智。段正淳立時變色，抱拳道：「犬子段譽得蒙明王垂青，攜之東來，聽犬子言道，一路上多聆教誨，大有進益，段某感激不盡，這裏謝過。」鳩摩智微笑道：「不敢！段公子怎麼不隨殿下前來？」段正淳道：「犬子不知去了何處？說不定又落入了奸人惡僧之手，正要向國師請教。」鳩摩智連連搖頭，說道：「段公子的下落，小僧倒也知道。唉！可惜啊可惜！」

段正淳心中怦的一跳，只道段譽遭了甚麼不測，忙問：「國師此言何意？」他雖多經變故，但牽掛愛子安危，不由得聲音也顫了。

數月前他父子歡聚，其後段譽去參與聾啞先生棋會，歸途中自行離去，事隔數月，段正淳不得絲毫音訊，生怕他遭了段延慶、鳩摩智、或丁春秋等人的毒手，一直好生掛念。這日聽到訊息，丐幫新任幫主莊聚賢要和少林派爭奪武林盟主，當即匆匆趕來，主旨便在尋訪兒子。他段氏是武林世家，於丐幫、少林爭奪中原盟主一事自也關心。

鳩摩智道：「小僧在天龍寶剎，得見枯榮大師、本因方丈以及令兄，個個神定氣閒，莊嚴安詳，眞乃有道之士。鎭南王威名震於天下，卻何以舐犢情深，大有兒女之態？」

段正淳定了定心神，尋思：「譽兒若已身遭不測，驚慌也已無益，徒然敎這番僧小覷了。」便道：「愛惜兒女，人之常情。世人若不生兒育女，呵之護之，舉世便即無人。吾輩凡夫俗子，如何能與國師這等出家無嗣、心無掛礙的高僧相比？」

鳩摩智微微一笑，說道：「小僧初見令郎，見他頭角崢嶸，知他必將光大段門，爲大理國日後的有道明君，實爲天南百萬蒼生之福。」跟著長嘆一聲，道：「唉，眞是可惜，這位段君福澤卻是不厚。」他見段正淳又即臉上變色，這才微微一笑，說道：「他來到中原，見到一位美貌姑娘，從此追隨於石榴裙邊，甚麼雄心壯志，一古腦兒的消磨殆盡。那位姑娘到東，他便隨到東；那姑娘到西，他便跟到西。任誰看來，都道他是一個遊手好閒、不務正業的輕薄子弟，那不是可惜之至麼？」

只聽得嘻嘻一聲，一人笑了出來，卻是女子的聲音。衆人向聲音來處瞧去，卻是個面目猥瑣的中年漢子。此人便是阮星竹，這兩年多來，她一直伴著段正淳。段正淳來少林寺，她也跟著來了。她知少林寺規矩不許女子入寺，便改裝成個男子，形容舉止，無一不像，決不似靈鷲宮四姝那般一下子便給人瞧破，只是她聲音嬌嫩，卻不及女兒阿朱那般假扮男人說話也能維妙維肖。她見衆人目光向自己射來，便即粗聲粗氣的道：「段家小皇子家學淵源，將門虎子，了不起，了不起！」

段正淳到處留情之名，播於江湖，羣雄聽她說段譽苦戀王語嫣乃「家學淵源，將門虎子」，都不禁相顧莞爾。

段正淳也哈哈一笑，向鳩摩智道：「這不肖孩子……」鳩摩智道：「並非不肖，肖得很啊，肖得緊！」段正淳知他是譏諷自己風流放蕩，也不以爲忤，續道：「不知他此刻到了何方，國師若知他的下落，便請示知。」鳩摩智搖頭道：「段公子勘不破情關，整日價憔悴相思。小僧見到他之時，已然形銷骨立，面黃肌瘦，此刻是死是活，那也難說得很。」

忽然一個青年僧人走上前來，向段正淳恭恭敬敬的行禮，說道：「王爺不必憂心，我那三弟段譽精神煥發，身子極好。」段正淳還了一禮，心下甚奇，見他形貌打扮，是少林寺中一個小輩僧人，卻不知如何稱段譽爲「三弟」，問道：「小師父最近見過我那孩兒麼？」那青年僧人便是虛竹，說道：「是，那日我跟三弟在靈鷲宮喝得大醉……」

突然段譽的聲音在殿外響起：「爹爹，孩兒在此，你老人家身子安好！」聲音甫歇，一人閃進殿來，撲在段正淳懷裏，正是段譽。他內功深厚，耳音奇佳，剛進寺門便聽得父親與虛竹的對答，當下迫不及待，展開「凌波微步」，搶了進來。

父子相見，都說不出的歡喜。段正淳看兒子時，見他雖頗有風霜之色，但神采奕奕，決非如鳩摩智所說的甚麼「形銷骨立、面黃肌瘦、死活難知」。

段譽回過頭來，向虛竹道：「二哥，你又做和尚了？」

虛竹在佛像前已跪了半天，誠心懺悔已往之非，但一見段譽，立時便想起「夢中姑娘」來，不由得面紅耳赤，神色忸怩，又怎敢開口打聽？

鳩摩智心想，此刻王語嫣必在左近，否則少林寺中便有天大事端，也決難引得段譽這痴情公子來到少室山上，而王語嫣對她表哥一往情深，也決計不會和慕容復分手，當即提氣朗聲說道：「慕容公子，既已上得少室山來，怎地還不進寺禮佛？」

「姑蘇慕容」好大的聲名，羣雄都是一怔，心想：「原來姑蘇慕容公子也到了。是跟這番僧事先約好了，一起來跟少林寺爲難的嗎？」

但寺門外聲息全無，過了半晌，遠處山間的迴音傳來：「慕容公子……少室山來……進寺禮佛？」

鳩摩智尋思：「這番可猜錯了，原來慕容復沒到少室山，否則聽到了我的話，決無不答之理！」仰天打個哈哈，正想說幾句話遮掩，忽聽得門外一個陰惻惻的聲音說道：「慕容公子和丁老怪惡鬥方酣，若能殺得丁老怪，自會來少林寺敬禮如來。」

段正淳、段譽父子一聽，登時臉上變色，這聲音正是「惡貫滿盈」段延慶。

便在此時，身穿青袍、手拄雙鐵杖的段延慶已走進殿來，他身後跟著「無惡不作」葉二娘，「兇神惡煞」南海鱷神，「窮兇極惡」雲中鶴。四大惡人，一時齊到。

玄慈方丈對客人不論善惡，一般的相待以禮。少林寺規矩雖不接待女客，但玄慈方丈見到葉二娘後只是一怔，便不理會。羣僧均想：「今日敵友雙方，女英雄均爲數不少，甚麼不接待女客的規矩只小事一樁，不必爲此多起糾紛。」

南海鱷神一見到段譽，登時滿臉通紅，轉身欲走。段譽笑道：「乖徒兒，近來可好？」南海鱷神聽他叫出「乖徒兒」三字，那是逃不脫的了，惡狠狠的道：「他媽的臭師父，你還沒死麼？」殿上羣雄多數不明內情，眼見此人神態兇惡，溫文儒雅的段譽居然呼之爲徒，已是一奇，而他口稱段譽爲師，言辭卻無禮之極，更是大奇。

葉二娘微笑道：「丁春秋大顯神通，已將慕容公子打得全無招架之功。大夥兒可要去瞧瞧熱鬧麼？」段譽叫聲：「啊喲！」首先搶出殿去。

那一日慕容復、鄧百川、公冶乾、包不同、風波惡、王語嫣六人下得縹緲峯來。慕容復等均覺沒來由的混入了靈鷲宮一場內爭，所謀固然不成，臉上也頗沒光采，好生沒趣。只王語嫣卻言笑晏晏，但教能伴在表哥身畔，便是人間至樂。

六人東返中原。這日下午穿過一座黑壓壓的大森林，風波惡突然叫道：「有血腥氣。」拔出單刀，循氣息急奔過去，心想：「有血腥氣處，多半便有架打。」奔行間血腥氣越濃，驀地裏眼前橫七豎八的躺著十多具屍首，兵刃四散，鮮血未乾，這些人顯是死去並無多時，但一場大架總已經打完了。風波惡頓足道：「糟糕，來遲了一步。」

慕容復等跟著趕到，見眾屍首衣衫襤褸，背負布袋，都是丐幫中人。公冶乾道：「有的是四袋弟子，有的是五袋弟子，不知怎地遭了毒手？」鄧百川道：「咱們把屍首埋了罷。」公冶乾道：「正是。公子爺，王姑娘，你們到那邊歇歇。」拾起地下一根鐵棍，便即掘土。忽然屍首堆中有呻吟聲發出。王語嫣大驚，抓住了慕容復左手。

風波惡搶將過去，叫道：「老兄，你這還沒死透嗎？」屍首堆中一人緩緩坐起，說道：「還沒死透，不過……那也差不多……差不多啦。」這人是個五十來歲的老丐，頭髮花白，臉上和胸口全是血漬，神情可怖。風波惡忙取出一枚傷藥，餵在他口中。

那老丐嚥下傷藥，說道：「不……不中用啦。我肚子上中了兩刀，活……活不成了。」風波惡道：「是誰害了你們的？」那老丐搖了搖頭，說道：「說來慚愧，是……是我們丐幫內鬨……」風波惡、包不同等都「啊」的一聲。那老丐道：「這事……這事本來不便跟外人說，但……但既鬧到這步田地，也已隱瞞不了。不知各位尊姓大名，多……多謝救援，唉，丐幫弟子自相殘殺，反不及素不相識的武林同道。適才……適才聽得幾位說要掩埋我們的屍體，仁俠爲懷，小老兒感激之極……」包不同道：「非也，非也。你還沒死，不算死屍，我們不曾埋你，那就不用感激。」那老丐道：「丐幫自己兄弟殺了我們，連……連屍首也不掩埋，那……那還算甚麼好兄弟？簡直禽獸也不如……」包不同欲待辯說，禽獸不會掩埋屍體，見慕容復使眼色制止，便住口不說了。

那老丐道：「小老兒請各位帶一個訊息給敝幫……敝幫吳長老，說新幫主莊聚賢這小子只是個傀儡，全……全是聽全冠清這……這奸賊的話。我們不服姓莊的做幫主，全冠清派……派人來殺我們。他們這就要去對付吳長老，請他老人家千……萬小心。」

慕容復點了點頭，心道：「原來如此。」說道：「老兄放心好了，這訊息我們必當設法帶到，但不知貴幫吳長老此刻在那裏？」

那老丐雙目無神，茫然瞧著遠處，緩緩搖頭，說道：「我……我也不知。」

慕容復道：「那也不妨。我們只須將這訊息在江湖上廣爲傳布，自會傳入吳長老耳中，說不定全冠清他們聽到之後，反而不敢向吳長老下手了。」那老丐連連點頭，道：「正是，正是。多謝！」慕容復問道：「貴幫那新幫主莊聚賢，卻是甚麼來頭？我們孤陋寡聞，今日第一次聽到他名字。」那老丐氣憤憤的道：「這鐵頭小子……」

慕容復等都是一驚，齊聲道：「便是那鐵頭怪人？」

那老丐道：「我剛從西夏回來，也沒見過這小子，只聽幫中兄弟們說，這小子本來……本來頭上鑲著個鐵套子，後來全冠清給他設法除去了，一張臉……唉，弄得比鬼怪還難看。這小子武功厲害，幾個月前丐幫君山大會，大夥兒推選幫主，爭持不決，終於說好憑武功而定，這鐵頭小子打死了幫中十一名高手，便當上了……幫主，許多兄弟不服，全冠清這奸賊……全冠清這奸賊……」越說聲音越低，似乎便要斷氣。

鄧百川道：「老兄，待兄弟瞧瞧你傷口，咱們想法子治好傷再說。」那老丐道：「肚子穿了，腸子也流出來啦……多謝，不過……」說著伸手要到懷中去掏摸甚麼東西，卻力不從心，道：「勞……勞駕……」公冶乾猜到他心意，問道：「尊駕要取甚麼物事？」那老丐點點頭。公冶乾便將他懷中物事都掏了出來，攤在雙手手掌之中，甚麼火刀、火摺、暗器、藥物、乾糧、碎銀之類，著實不少，都沾滿了鮮血。

那老丐道：「我……我不成了。這一張……一張榜文，甚是要緊，懇請恩公念在江湖一脈，交到……交到丐幫隨便那一位長老手中……就是不能交給那鐵頭小子和……和全冠清那奸賊。小老兒在九泉之下，也感激不盡。」說著伸出不住顫抖的右手，從公冶乾掌中抓起了一張摺疊著的黃紙。

慕容復道：「閣下放心，你傷勢倘若當眞難愈，這張東西，我們擔保交到貴幫長老手中便是。」說著接過黃紙。

那老丐低聲道：「在下姓易，名叫易大彪。相煩……相煩足下傳言，我自西夏國來，這是……西夏國國王招婿的榜文。此事……此事非同小可，有關大宋的安危氣運。可是我剛回中原，便遇上幫中這等奸謀，只盼見到吳長老才跟他……跟他說，那知……那知卻再也見他不著了。只盼足下瞧在天下千萬蒼生……蒼生……蒼生……」連說了三個「蒼生」，一口氣始終接不上來。他越焦急，越說不出話，猛地裏噴出一大口鮮血，眼睛一翻，突然見到慕容復俊雅的形相，想起一個人來，問道：「閣下……閣下是誰？是姑蘇……姑蘇……」慕容復道：「不錯，在下姑蘇慕容復。」

那老丐驚道：「你……你是本幫的大仇人……」伸手抓住慕容復手中黃紙，用力回奪。慕容復任由他搶回，心想：「丐幫一直疑心我害死他們副幫主馬大元，近來雖謠言稍戢，但此人仍認定我是他們的大仇人。他是臨死之人，也不必跟他計較。」

只見那老丐雙手用力，想扯破黃紙，驀地裏雙足一挺，鮮血狂噴，便已斃命。

風波惡扳開那老丐手指，取過黃紙，見紙上用朱筆寫著許多繁難複雜的外國文字，文末還蓋著一個大章。公冶乾頗識諸國文字，從頭至尾看了一遍，說道：「果然是西夏國王招駙馬的榜文。文中言道：西夏國銀川公主年將及笄，國王要徵選一位文武雙全、俊雅英偉的未婚男子爲駙馬，定于明年三月清明節起選拔。不論何國人士，只要是天下一等一人才者，於該日之前投文晉謁，國王皆予優容接見。即令不中駙馬之選，亦當量才錄用，授以官爵，更次一等者賞以金銀……」

公冶乾還未說完，風波惡已大笑起來，說道：「這位丐幫仁兄當眞好笑，他巴巴的從西夏國取了這榜文來，難道要他幫中那一個長老去應聘，做西夏國的駙馬爺麼？」

包不同道：「非也，非也！四弟有所不知，丐幫中那幾個長老固然既老且醜，但幫中少年弟子，自也有不少文武雙全、英俊聰明之輩。要是那一個丐幫弟子當上了西夏國的駙馬，丐幫那還不飛黃騰達麼？」鄧百川皺眉道：「素聞丐幫好漢不求功名富貴，何以這易大彪卻如此利欲薰心？」公冶乾道：「大哥，這人說道：『此事非同小可，有關大宋的安危氣運。』又說瞧在天下蒼生甚麼的，他未必是爲了求丐幫的功名富貴。」

包不同搖頭道：「非也，非也！」公冶乾道：「三弟又有甚麼高見？」包不同道：「二哥，你問我『又』有甚麼高見，這個『又』字，乃是說我已經表露過高見了。但我並沒說過甚麼高見，可知你實在不信我會有甚麼高見。你問我又有甚麼高見，眞正含意，不過是說：『包老三又有甚麼胡說八道了？』是也不是？」風波惡雖愛和人打架，自己兄弟究竟是不打的。包不同愛和人爭辯，卻不問親疏尊卑，一言不合，便爭個沒了沒完。公冶乾自是深知他脾氣，微微一笑，說道：「三弟已往說過不少高見，我這個『又』字，是眞的盼望你再抒高見。」

包不同搖頭道：「非也，非也！我瞧你說話之時嘴角含笑，其意不誠……」他還待再說，鄧百川打斷了他話頭，道：「三弟，這易大彪拿了這張西夏國招駙馬的榜文回來，如此鄭重拜託，請我們交到丐幫長老手中，以你之見，他有甚麼用意？」包不同道：「這個，我又不是易大彪，怎知他有甚麼用意？」

慕容復眼光轉向公冶乾，徵詢他的意見。

公冶乾微笑道：「我的想法，和三弟大大不同。」他明知不論自己說甚麼話，包不同一定反對，不如將話說在頭裏。包不同道：「非也，非也！這一次你可猜錯了，我的想法恰巧跟你一模一樣，全沒差別。」公冶乾笑道：「這可妙之極矣！」

慕容復道：「二哥，到底你以爲如何？」公冶乾道：「當今之世，大遼、大宋、吐蕃、西夏、大理五國並峙，除了大理一國僻處南疆，與世無爭之外，其餘四國，都有混一宇內、併呑天下之志……」包不同道：「二哥，你說錯了。我大燕雖無疆土，但公子爺時時刻刻以興復爲念，焉知我大燕日後不能重振祖宗雄風，中興復國？」

慕容復、鄧百川、公冶乾、風波惡一齊肅立，容色莊重，齊聲道：「復國之志，無時或忘！」五人或拔腰刀，或提長劍，將兵刃舉在胸前。

慕容復的祖宗慕容氏，乃鮮卑族人。當年五胡亂華之世，鮮卑慕容氏入侵中原，大振威風，曾建立前燕、後燕、南燕、西燕等好幾個國家朝代。其後慕容氏爲北魏所滅，子孫四散，但祖傳孫、父傳子，世世代代，始終存著中興復國的念頭。中經隋唐各朝，慕容氏日漸衰微，「重建大燕」的雄圖壯志雖仍承襲不替，卻眼看越來越渺茫了。

到得五代末年，慕容氏中出了一位大將慕容彥超，威震四方，他族中更有一位武學奇才慕容龍城，創出「斗轉星移」的高妙武功，當世無敵，名揚天下。他不忘祖宗遺訓，糾合好漢，意圖復國，但天下分久必合，趙匡胤建立大宋，四海清平，人心思治，慕容龍城武功雖強，終於無所建樹，鬱鬱而終。

數代後傳到慕容復的父親慕容博手中，慕容龍城的武功和雄心，也盡數移在慕容博身上。大燕圖謀復國，在宋朝便是大逆不道，作亂造反，是以慕容博雖暗中糾集人衆，聚財聚糧，卻半點不露風聲。慕容氏心懷大志，與一般江湖人物所作所爲大大不同，在尋常武人看來，自是極不順眼，再加上「以彼之道，還施彼身」的名頭流傳，漸漸的竟致衆惡所歸。

鮮卑人來自北國，雄武驃悍，慕容氏爲避風頭，遷到了江南蘇州水鄉，那向來是文雅柔弱之區，以免引人注目。鄧百川等乃是漢人，數代以來均爲慕容氏的家臣，便也一直以興復大燕為志。

其時曠野之中，四顧無人，各人情不自禁，拔劍而起，慷慨激昂的道出胸中意向。

王語嫣卻緩緩的轉過了身去，慢慢走開，遠離眾人。她母親向來反對慕容氏作亂造反的圖謀，認為稱王稱帝，只是慕容氏數百年來的痴心妄想，復國無望，滅族有份。再加兩家雖屬至親，王夫人與慕容夫人卻因言語失和，嫌隙頗深。是以王夫人近年來不許慕容復上門，自行隱居在菱湖深處，不願與慕容家有糾葛來往。

公冶乾向王語嫣的背影瞧了一眼，說道：「遼宋兩國連年交兵，大遼雖佔上風，但要滅卻宋國，卻也萬萬不能。西夏、吐蕃雄居西陲，這兩國各擁精兵數十萬，不論是西夏還是吐蕃，助遼則大宋岌岌可危，助宋則大遼禍亡無日。」

風波惡大聲道：「二哥此言有理。丐幫對宋朝向來忠心，這易大彪取榜文回去，似是盼望大宋有甚麼少年英雄，去應西夏駙馬之徵。倘若宋夏聯姻，那就天下無敵了。」

公冶乾點了點頭，道：「當真天下無敵，也未必盡然，不過大宋人口眾多，財糧豐足，西夏兵馬精強，驍勇善戰，這兩國一聯兵，大遼、吐蕃皆非其敵，小小的大理自更加不在話下。據我推測，宋夏聯兵之後，第一步是併吞大理，第二步才進兵遼國。」

鄧百川道：「易大彪的如意算盤，只怕當真如此，但宋夏聯婚，未必能如此順利。遼國、吐蕃、大理各國得知訊息，必定設法破壞。」公冶乾道：「不但設法破壞，而且各國均想娶了這位西夏公主。」
鄧百川道：「不知這位西夏公主是美是醜，是性情和順，還是驕縱橫蠻。」包不同哈哈一笑，說道：「大哥何以如此掛懷，難道你想去西夏應徵，弄個駙馬爺來做做嗎？」鄧百川笑道：「倘若你鄧大哥年輕二十歲，武功高上十倍，人品俊上百倍，我即刻便飛往西夏去了。」隨即正色道：「我大燕復國，圖謀了數百年，始終是鏡花水月，難以成功。歸根結底，畢竟在於少了個強而有力的外援。倘若西夏是我大燕慕容氏的姻親，慕容氏在中原一舉義旗，西夏援兵即發，大事還有不成麼？」
公冶乾道：「正是。當年春秋之季，秦晉兩國世爲婚姻，晉公子重耳失國，出亡於外，秦穆公發兵納之於晉，卒成晉文公一代霸業。」
包不同本來事事要強詞奪理的辯駁一番，但此刻聽了鄧百川和公冶乾的話，居然連連點頭，說道：「不錯！只要此事有助於我大燕中興復國，那就不管那西夏公主是美是醜，是好是壞，只要她肯嫁我包老三，就算她是一口老母豬，包老三硬起頭皮，這也娶了。」衆人哈哈一笑，眼光都望到了慕容復臉上。
慕容復心中雪亮，四人是要自己上西夏去應駙馬之選。說到年貌人品，文才武功，當世恐怕也眞沒那個青年男子能勝過自己。自己去西夏求親，這七八成把握自是有的。但若西夏國國王講究家世門第，自己雖是大燕的王孫貴裔，畢竟衰敗已久，在大宋只不過是一介布衣，如大宋、大理、大遼、吐蕃四國各派王子公侯前去求親，自己這沒半點爵祿的白丁便萬萬比不上人家了。他思念及此，向那張榜文望了一眼。

公冶乾跟隨他日久，很能猜測他心意，說道：「榜文上說得明白，應選者不論爵位門第，但論人品本事。既成駙馬，爵位門第隨之而至，但人品本事，卻非帝王的一紙聖旨所能頒賜。公子爺，慕容氏數百年來的雄心，要……要著落在你身上了……」他說到後來，心神激盪，聲音也發顫了。

包不同道：「公子爺做晉文公，咱四兄弟便是狐毛、狐偃、介子推……」忽然想到介子推後來爲晉文公放火燒死，此事不祥，便即一笑住口。

慕容復臉色蒼白，手指微微發抖，他也知這是千載難逢的良機，自來公主徵婚，總是由國君命大臣爲媒，選擇功臣或世家的子弟封爲駙馬，決無如此張榜布告天下的公開擇婿。他不由自主向王語嫣的背影望去，只見她站在一株柳樹下，右手拉著一根垂下來的柳條，眼望河水，衣衫單薄，楚楚可憐。

慕容復自然深知表妹自幼便對自己鍾情，雖然舅母與自己父母不睦，多方阻她與自己相見，但她以一個身無武功的嬌弱少女，竟毅然出走，流浪江湖，前來尋找自己，這番情意，委實世上少有。慕容復四方奔走，一心以中興復國爲念，連武功的修爲也不能專心，於兒女之情更看得極淡。但表妹美貌賢淑，熟識武學，對自己如此深情款款，豈能無動於中？這時突然要捨她而去，另行去向一個從未見過面的公主求婚，他雖覺理所當然，卻於心不忍。

公冶乾輕咳一聲，說道：「公子，自古成大事者不拘小節，大英雄大豪傑須當勘破這『情』字一關。」包不同道：「大燕若得復國，公子成了中興之主，三宮六院，何足道哉？西夏公主是正宮娘娘，這位王家表姑娘，封她為貴妃、淑妃便是。公子心中要偏向她些，寵愛她些，又有誰管得著了？」他平時說話專門與人抬槓，這時臨到商量大事，竟說得頭頭是道。

慕容復點了點頭，心想父親曾不斷叮囑自己，除了中興大燕，天下更無別般大事，倘若為了興復大業，父兄可弒，子弟可殺，至親好友更可割捨，至於男女情愛，越加不必放在心上。王語嫣雖對自己一往情深，自己卻素來當她小妹妹一般，並非特別鍾情。雖然在他心中，早就認定日後自必娶表妹為妻，但平時卻極少想到此節，只因那是順理成章之事，不必多想。只要大事可成，正如包不同所云，將來表妹為妃為嬪，自己多加寵愛便是。他微一沉吟，便不再以王語嫣為意，說道：「各位言之有理，這確是復興大燕的良機，只不過大丈夫言而有信，這張榜文，咱們卻要送到丐幫手中。」

鄧百川道：「不錯，別說丐幫之中未必有那一號人物能比得上公子，就算真有勁敵，咱們也不能私藏榜文，做這等卑鄙無恥之事。」風波惡道：「這個當然。大哥、二哥保公子爺到西夏求親，三哥和我便送這張榜文去丐幫。到明年淸明節，時候還長著呢，丐幫要挑人，儘來得及，也不能說咱們佔了便宜。」

慕容復道：「咱們行事須當光明磊落，索性由我親自將榜文交到丐幫長老手中，然後再去西夏。」鄧百川鼓掌道：「公子爺此言極是。咱們決不能讓人在背後說一句閒話。」公冶乾、包不同、風波惡三人一齊點頭稱是，當下將丐幫衆人的屍體安葬了。

慕容復招呼王語嫣過來，道：「表妹，這些丐幫弟子爲人所殺，其中牽涉到一件大事，我須得親赴丐幫總舵。我想先送你回曼陀山莊。」王語嫣一驚，忙道：「我……我不回家，媽見了我，非殺了我不可。」慕容復笑道：「舅母雖性子暴躁，她跟前只你一個女兒，怎捨得殺你？最多不過責備幾句，也就是了。」王語嫣道：「不……不，我不回家去，我跟你一起去丐幫。」

慕容復既已決意去西夏求親，心中對她頗感過意不去，尋思：「暫且順她之意，將來再說。」便道：「這樣罷！你一個女孩子家，跟著咱們在江湖上拋頭露面，也不很妥當，丐幫總舵嘛，你就別去啦。你旣不願去曼陀山莊，那就到燕子塢我家裏去暫住，我事情一了，便來看你如何？」

王語嫣臉上一紅，芳心竊喜，她一生願望，便是嫁了表哥，在燕子塢居住，此刻聽慕容復說要她去燕子塢住，雖非正式求親，但事情顯然是明明白白了。她不置可否，慢慢低下頭來，眼睛中流露出異樣光彩。

鄧百川和公冶乾對望了一眼，覺得欺騙了這個天真爛漫的姑娘，頗感內疚。忽聽得啪的一聲，風波惡重重打了自己一個耳光。王語嫣抬起頭來，奇道：「風四哥，怎麼了？」風波惡道：「一……一隻蚊子叮了我一口。」

當下六人取道向東。走不到兩天，段譽便賊忒嘻嘻的自後追到，說道：「啊喲，可也眞巧，慕容公子、鄧大爺、公冶二爺、包三爺、風四爺、王姑娘，又撞到了你們。大夥兒正要東歸，這就一塊兒走罷，道上也熱鬧些。」

包不同對他雖感厭憎，但他曾先後救過風波惡、慕容復、王語嫣的性命，也不便公然驅逐，不許同行，一路上少不免冷嘲熱諷，而段譽或聽而不聞，置之不理，或安之若素，顧而言他。

一行人途中得到訊息，丐幫與少林派爭奪武林盟主。慕容復和鄧百川等人悄悄商議，倘若丐幫與少林派鬥了個兩敗俱傷，慕容氏漁翁得利，說不定能奪得武林盟主的名號，以此號令江湖豪傑，那是揭竿而起的一個大好機緣，決不能放過，當即趕赴少林寺而來。不料甫到少室山下，便和星宿老怪丁春秋相遇。

這數月中，丁春秋大開門戶，廣收徒衆，不論黑道綠林、旁門妖邪，只要是投拜門下，聽他號令，那便來者不拒，短短數月之間，中原江湖匪人如蟻附羶，聲勢大盛。

鄧百川、公冶乾、包不同三人都曾為丁春秋本人或門下所害，此刻又再相逢，眼見對方徒眾雲集，心下均暗暗忌憚。風波惡卻天不怕、地不怕，三言兩語，便即衝入敵陣，和星宿派門徒動手大鬥。段譽要伴同王語嫣避開。但王語嫣關懷表哥，不肯離去。星宿派徒眾潮水般的一衝，便將慕容復等一干人淹沒其中。

段譽展開凌波微步，避開星宿派門人，接著便聽到父親的聲音，入寺相見，待聽葉二娘說慕容復已給打得無招架之功，心想：「我快去背負王姑娘脫險。」飛步奔出。